惊蛰

王剑冰 著

泰山出版社 · 济南 ·

图书在版编目（CIP）数据
惊蛰 / 王剑冰著. -- 济南 : 泰山出版社, 2025.
8. -- ISBN 978-7-5519-0932-7
Ⅰ. I267
中国国家版本馆CIP数据核字第20257EV173号

JINGZHE
惊蛰

著　　者　王剑冰
责任编辑　王凌云
装帧设计　路渊源

出版发行　泰山出版社
社　　址　济南市泺源大街2号　邮编　250014
电　　话　综　合　部（0531）82023579　82022566
出版业务部（0531）82025510　82020455
网　　址　www.tscbs.com
电子信箱　tscbs@sohu.com
印　　刷　山东通达印刷有限公司
成品尺寸　140 mm × 210 mm　32开
印　　张　7.25
字　　数　135千字
版　　次　2025年8月第1版
印　　次　2025年8月第1次印刷
标准书号　ISBN 978-7-5519-0932-7
定　　价　48.00元

目　录

小鸟天堂

一

眼前出现一个葱茏的绿岛。如果有谁说这绿岛就是一棵树，你肯定不相信。怎么就是一棵树呢？分明是一片树林长在一个岛上。

说是将近400年前，村民在河中垒起一个土墩挡水，有人将一株榕树枝插在墩上，它便携着重重岁月盎然而生，直到根连根，枝连枝，交错纵横，成了一个岛、一座山，成了近20亩的独木林。

若把它看成一个绿水怪也无妨。水不怪它，水腾出更大的地方举着它，让它尽情施展它的法术，引来更多的风雨雷电，这样水才感到接天连地的痛快淋漓。

榕同融相谐，榕树即是容纳、接受、融合，由此构成榕树不断施展的个性、坚持开放的格局。一棵树，把深奥的道理解析得浅显易懂。

更重要的是，这里变成了小鸟的乐园。千万只鸟儿栖息其上，成为世间罕有的自然风景。鸟类迁徙是引人注意的生物学现象，小鸟天堂正处于东亚至澳大利亚候鸟迁徙的路径中。众多的候鸟都记住了这个美妙的乐园，每年都会有新老朋友在这里相会。

20 世纪 30 年代，29 岁的巴金来到这里，把碎玉般的鸟鸣捡走了，放在自己的文字间，幻化出一个“鸟的天堂”。今天我来寻这天堂，发现心内的惊叫，早随着一群翅膀拍上云天。

说着，有人指着一条窄窄的水道，说当年巴金的小船就是从那里进入的。现在再看，水道已经被葱郁的丛林覆盖了。

二

这棵大树究竟垂下多少气根？连它自己都数不清了。每一根都向土向水而生，它不确定树根是蓬勃还是腐朽，但它确定每一根上都缠满了清脆的鸟鸣。

这里气候温和，雨量充沛，造就了丰富的动植物资源和湿地生态系统。从高空看就是一片巨大的睡莲，睡在喧嚣的城市中间，城市能感受到它的呼吸，它的轻颤。

现在这里已成为总面积 270 万平方米的国家湿地公园，成为城市的氧传感器和空气加湿器。有了湿地的所在，整个新会甚至江门都显得气润心舒，周身透爽。

小鸟天堂附近河流密布，涨潮时河水浸到里面的湿地，鱼虾跟着进去吃鸟粪；退潮时小鸟捡拾浅滩的鱼虫，由此形成一条生物链。

大树的魅力彰显了鸟的魅力，每一只鸟都在这里获得了最高礼遇。几百年来，人们将这棵树当成神话来传颂，周围的村民也一直把鸟视为神鸟，遵守乡规民约，构成人与树、与鸟、与水和谐共生的生动写照。

这绿色的墨团，只有鸟的羽翅能拓展它的外延。据说这里栖息的鸟有 3 万多只，国家重点保护鸟类就有 9 种，包括黑翅鸢、鹗、红隼、小杓鹬、领角鸮等，每平方米就有 4 个鸟巢。

其中白鹭、灰鹭由于生活习性不同，轮流共用一

近现代　溥儒　花鸟扇面

个巢穴。白鹭白天觅食，早出晚归；灰鹭晚上觅食，晚出早归。一早一晚，和平共处。薄雾中，万千精灵鸣叫欢舞，出巢归巢，蔚为大观。

三

只看到鸟的翔集，却看不到鸟的死亡。鸟也是有寿命的，不知道那些寿终正寝的鸟，都去了哪里。顺着密密的丛林往里望，望不了多远，除了丛林还是丛林。只有阳光能照进去，使得那些空间，有了活泼的层次。

太阳是小鸟天堂的有机能量。光线像一柱追光灯，不停地变换着，便让人看到了占据着各个位置自由自在的鸟。有的独自一只，有的两只，有的三四只。它们或轻轻交谈，或从这里跳到那里，或到上边抖一抖翅。它们抖翅的动作如慢镜头一般，让你觉得那绝不可称之为一只“小鸟”，简直像一只驭风的大鸢。鸟儿的每片羽毛都似经过了净化，跃荡成纯净欢快的音符。

也许是看惯了来人，知道这是它们自己的领地，鸟儿显得很随意，想干什么就干什么，从没有把船和人当回事。

俗语说：“一方水土养一方人。”这些鸟儿在这里久了，会不会也操着浓重的乡音？我听不懂鸟语，就像我听不懂粤语，但我能感觉出那话语中的自在与快乐，以及发表的学说和主张。

船离开了，我还望着那棵神奇的大树。风来了，它朝一边倒；雨来了，它往一边晃。每一条根须，都摇摆着岁月的沧桑。

雨线带着阳光编织出透亮的光点。蝴蝶也来凑热闹，它们是这里最小的闪电。穿着彩色衣衫的小学生走进游船，他们是另一群鸟儿，叽叽喳喳迷醉在这奇妙的世界中。

这是黄昏时分，我第一次来新会，先新会了这鸟的天堂。

我看着那些飞回来的鸟儿，它们会驮回一些城市的喧嚣，在这里过滤成宁静的歌谣。城市在鸟鸣中睡去，又在鸟鸣中醒来。城市已不是原来的城市，鸟鸣却还是原来的鸟鸣。

玄天湖之畔

青蛙只负责夜的前半段，在这一阶段，它们撕扯着嗓门，尽可能把玄天湖之夜搞得声情并茂。

窗户里的我尽管觉得吵嚷，却不知不觉进入了梦乡。由此感觉到，青蛙对一个湖、一个夜晚的贡献。

似乎是约定好了，夜的后半段，由鸟儿作总结。

鸟儿七嘴八舌，你一言它一语。有的快言快语，有的舌头转了好几个弯才表明意思，有的不厌其烦地反复强调着一个词。哎呀呀，你算是闹不清它们究竟在说什么。

反正比青蛙制造的效果更加锦绣繁华。

青蛙那边是男儿们的逗耍，这里是一群女生呢。

你听听那一个个带着水音的嗓子，哪个不是润足了玄天湖的水？

青蛙们睡得无比深沉，或许它们不敢与“女生们”争胜，所以使得早晨更加青翠水灵。而蛙们嘹亮的时候，鸟儿都去了哪里？鸟儿一定不屑一争，觉得占据黎明的意义更大。

龙都的山水世界，就这样被它们的热情平分了。

我试着做鸟儿们愉快辩论赛的评委，但直到天亮，也无法给出一个结果。

推开窗子，索性让飞珠溅玉的早晨进来吧。

你的歌声我永远不懂

一

那只可怜的“绿牡丹”还是死了。

我不知道它死于什么时间，等我发现它时，它已经躺在笼子的底部了。

那是我曾经设想的它睡觉的地方。我想着，鸟儿为什么不能躺着睡觉呢？而那鸟儿却要站在横杠上睡，而且是一整夜地站着。

我就想了，鸟儿睡觉的时候有一根神经一定是醒着的，它得时常支配两只爪子。现在，那根神经睡着了，以至于两只爪子再也抓不住横杠，掉在了笼子底部。

我心里好一阵收紧，一种酸楚就泛了上来。我现在知道了什么叫心疼，什么叫感情。

前一阵子看电视，一个老人的狗被打狗队收去了，原因是没有办狗证。

老人眼睁睁地看着那只陪伴了她十二年的老狗被装进了笼子里，那只狗看着老人流出了莫名的泪水。

老人的女儿赶忙到处跑着办手续，以解救那只可怜的狗。女儿知道，解救那只狗，也是解救妈妈。等一切办完去领狗的时候，那只狗却在笼子里被挤压得气息奄奄，没到家就死了。

狗死去时很安详，它知道自己可以回家了，家里有一个待它像妈妈的老人。

可老人不知道，老人一直在念叨着她的狗。无数次期待成空，老人渐渐变得呆傻，天天念叨着那只陪了她十二年的狗。

我当时有些理解，但又理解得不够深刻。我不明白为什么一个人会同一个动物感情那么深。

现在我懂了。我轻轻地拉开笼子的小门，伸进手去，将我的“绿牡丹”轻轻托出来，放在我的手心上。

这只可爱的小鸟，绿色的羽毛依然那么光亮，红色的弯勾嘴依然那么可爱，只是它的眼睛闭上了，永远地睡着了。

二

我是觉得对不起这只鸟的，昨天它还给我唱好听的歌，歌声可真是响亮，满屋子都回荡着它的声音。它不会说话，不，它也许说了，只是我没有听懂。

我也就错过了挽救它的时间。

这几天事情繁多，打乱了我的计划。上周日，我曾经去了一趟鸟市，差一点就给它带回来一个伴。付钱的时候，我问老板，这鸟儿是不是也要分公母啊？

卖鸟的老板说：“那是呀，你家里那只是公是母？”

这个最重要的问题让我忽略了。我只是想着赶紧为它找个伴，而没有想到要找个对象。

天气正冷的那几天，它原来的伴死去了。

原本，它们是一对的。两只鸟整日整夜地待在一起，相亲相爱。尤其是睡觉的时候，它们在那根横杠的一角挨得那个紧！

突然一只离世，“绿牡丹”整日里不停地哀嚎。是的，我确实听到了那种哀嚎，因为它叫的声音与以往不一样。

它也许不明白那只鸟去了哪里，为什么突然就不见了。

这只鸟在笼子里上下翻舞，可怜被一根根稠密的铁丝束缚住了。当时我曾经想放它出去，可放了它又能去哪里呢？这么大的雪，这么冷的天。

在更早些时候，我也有过这样的念头，但我不知道这种鸟怎么成了家养的笼中鸟，假如放归大自然，它们能生存吗？

我真的不知道，但看到它在极小的笼子里跳来飞去，总觉得不是那么回事。当然，有时看着它们蹦

清　杨大章　翠梅黄雀（局部）

跳和歌唱，也免不了心情好。这种好心情是鸟带给我的，但是我能给鸟带来多少好心情呢？

于是我冒着漫天飞舞的大雪走出家门，一脚深一脚浅地四处寻找卖鸟的，终是徒劳而返。

经过那一次折腾，我的心里就好受些了，觉得对得起这只鸟了。鸟怎么能知道这些呢，它还是不停地叫，而且我发现它的叫声不再是哀鸣。这时的叫声，比两只在一起的时候还好听，声音也大。

三

现在我才感到，它或许是想着赢得我的好感，让我尽快给它找个伴来。

那么，这到底是一只公鸟还是一只母鸟呢？我倒是希望它是一只公的，因为公的通常心大一些，不会因失爱太过忧伤。

我真应该买回那只鸟。我原本想着，这几天提着这只鸟让人家看看，给它重新婚配一个伴侣，它怎么就坚持不住了呢？

这让我感到十分的歉疚。我想什么都应该往前赶，不要拖，指不定有什么事情会发生。世界上的事情就是这样，这只可怜的鸟最后还给了我一个提示。

我轻轻地托着这只鸟，将它放进一个大纸袋子里。那纸袋子曾经盛过一本我喜欢的文学书籍，现在这只鸟在里边。

我托着它，走到了园子的一个雪堆边，挖出一个小坑，庄重地埋葬了这只鸟儿。

“绿牡丹”，你也是一条生命啊，幸运地来到这个世界上，并且还有了一个伴侣，你的那个伴侣也在这堆雪的下面。

为什么要叫它“绿牡丹”呢？因为它周身是绿的，艳似牡丹。牡丹是名贵花种，一年开花只有短短的时光，在这短暂的时光里，却要把自身打开得娇妍无比。

短命的“绿牡丹”，是否也暗合了这样一种花儿？

“绿牡丹”，你的歌声啊，正“恰恰恰”地绕着我的屋子，不停地旋转。

蚂蚁大军

一

说实在的，人在塬上是会寂寞的，寂寞得不知道做什么，就上到坑院顶上，随着一双脚乱走。

这天早上，一群蚂蚁进入了我的视线。

我最初发现它们的时候，以为是谁遗落的一条小绳子。

这小绳子很长，歪歪扭扭地躺在地上。

等我细看的时候才发现，这条绳子的内部结构有些问题，它在动。

它是由一群蚁构成的。

我随即对这根蚁绳产生了兴趣。我发现尽管绳内的蚂蚁有来有往，但大多是朝西北方向移动的。

这绝非随性的旅行，应该是一次大规模的移民。

它们有的带着自己的细软家什，有的什么也未带，但都表现出决绝的架势。

我看见有的几蚁相缠，前呼后拥，像是扶老携幼，抑或是救死扶伤，抬着不能动的同伴。它们似乎不想落下任何一个同伴，完全发扬了集体主义精神。

有的蚂蚁很奇怪，在滚滚铁流之中，竟然逆流而上，被冲撞得横倒竖歪也矢志不渝，或许它走失了什么亲人。还有的散落在队伍外面，像孤雁离群，走走停停，一副精神恍惚的样子。

毕竟洪流不可阻挡，亿万蚂蚁大军正跨越万水千山急步向前。

它们应该有雄壮的吼声或歌声，只是我听不到。

二

好奇心驱使我想知道这条“绳子”从哪里来，到哪里去。

我先顺着它的来路去找寻。

走了很远，过了几个地坑院，下了两道沟坎，竟然看到一股绳变成了两股。

一股翻下了塬沟，一股翻上了塬坡。

它们是如何进行了联络，又是如何达成了一致？最终是谁下了这一道命令？

这个谜太大，我一时无法解得，而且永远也无法解得，只得拐回去再看它的所往。

这支神圣的队伍，走过的路竟然带有神秘的宗教色彩。

哪怕前面的蚂蚁在摸索中拐了好大一个弯，后面的也跟着迂回，不变初心。

那个弯拐上一个高岗，拐上一个拦马墙，拐进一片荒地。

而在这些地方，我都看到了队伍中略微的混乱，那是有的攀登者失足掉落引起的。

在绕过一棵大柿树的时候，有的以为到了目的地，不少顺着树爬上去，发现不对又爬下来继续追赶队伍。

三

这群去意已决的蚁，究竟是为了什么？

难道真的像是人们说的，是为了躲雨？那么原来建窝就没有想到或遇到过雨吗？该会有一场什么样的大雨，使得它们如此行动？

可以看出，这绝非一个蚁窝的出动，而像是一个蚁族的集结。

我在离它们稍远的地方站着，生怕惊扰它们，更怕伤害它们。这里没有食蚁动物，它们在塬上，该是安全的。

正因为安全，它们才繁衍出如此多的生命。这些生命与坑院共居，而且还将继续共居下去。

我已经走了好远了，还没有找到这支队伍的尽头。

前面，一定有一个吹集结号的。

白水鸟

一

十二月的北方，早已是冰封雪舞的季节，昆明却还是早春一般，穿件毛衣就可以上街了。

正是因了这样的天气，在长途旅行之后，才有兴致一大早就奔了滇池而来。

远远地起了雾气，西山睡美人遮眉掩目，只让人看了个朦朦胧胧的影子，似乎还在帐中酣睡。

摩托艇开起来，犁开了万顷湖面。身后，两条三角形的波纹，似拖着的渔网，扯得浪花飞溅。

我们从大观楼出发，越往深处，开得越快，掀起的风也就越大，浪花不时打进舱里。虽有几分寒冷，却令人舒心开怀，颇有些陶然的醉意。

漫漫的视野里，竟出现了许多白浪似的影子；或

明　程嘉燧　山水扇面

者说，凝固的浪花沾满了湖面。

摩托艇接近时，我才发现是些白色的鸟。

那水鸟无声地像浪一般飞，有的还迎着我们而来，在头顶和身后扇着翅膀，跟出好远。

起先怕它们的翅膀扑了脸，我们不时地扬手遮挡。

记得儿时有顽皮的伙伴上树去掏老鸹窝，被大老鸹飞来飞去地用翅膀扑脸，直至他从树上掉下来。莫不是我们也搅了白水鸟的领地，惹起了它们的怒意。

慢慢才觉出它们并无恶意，且十分友好，我们便细细地观察起它们，欢心地笑了。

那鸟全身洁白，只嘴角处有两点红印，配上灵动的红眼睛，简直美极了。

它们个个体态丰盈，脖颈、腹部及拍击的翅膀，都显出一种矫健，让人联想到悠扬乐曲中的芭蕾舞。

二

滇池有了这些水鸟，给游人增添了不少兴致。放眼望去，五百里滇池，不知有多少白水鸟在其中。飞起白云遮天，落下珠玑泛浮。那密密匝匝的鸟鸣，合在一起如美满祥和的歌声。

登上西山远望滇池，视野里只有无际的碧蓝，白水鸟只是些白白的点子了。

从西山上下来，已过中午，我们乘车回市区，却又发现了白水鸟的影子。它们沿着环绕市区的河道，或群集或回旋，显得那么自在。

桥的两端尤为多。人们围在那里，观赏着，引逗着，向它们抛洒着食物。白水鸟呢，亲近地在人们的脸前呀呀地叫着飞舞，又像是做着各种高难度动作进行表演。

不管你怎样抛出食物，都感觉是投准了它们的小嘴。有的白水鸟还来个腾身大回旋，在食物落水的一刹那衔住它，让人们惊叹不已。

跟昆明的朋友说起当日见闻，不胜感慨："有了这些水鸟，昆明就愈显美丽了。"

朋友却道："那是海鸥呀！"

海鸥？大海里的海鸥？

"就是呀，这不是昆明的特产。近些年才有的，不知是从什么地方飞来的。"

可真让人惊奇了，昆明离最近的海边也要近一千公里，这些红嘴鸥是如何越过千难万险，寻到这云贵高原群山环抱的春城来的呢？

如此多的海鸥行动起来，真难想象它们覆盖天空的面积。那是何等壮观的飞行！

朋友说海鸥大概是寻了这春城来过冬，好像是从波罗的海那边来的。

除去旅途飞行的时间，它们在这里的时间并不长，等原来的地方暖和了就又飞走了。它们还是恋海的。

难怪昆明市民那么喜爱这些红嘴鸥，他们是在献上一份爱心、一份友好啊。

近现代　倪田　山水扇

三

我又奔了朋友告诉我的翠湖公园。那里更是海鸥麇集的地方。

果然更开眼界，那些海鸥似乎成了公园饲养的园鸟。

公园范围不大，海鸥的密集程度却大过滇池。园内有游人在散步、谈情、读书，老人们在聊天、弈棋、打太极拳，都显得很自在。

海鸥呢，就在人们周围起起落落，有的就在人们的脚前或石凳上，做着悠闲的动作，或啄食一些地上的东西。

它们同人相处得十分和谐。

想起多少年前，一只外来的天鹅在北京玉渊潭公园被射杀的事，不禁感慨，红嘴海鸥们不会听到那声枪响了。文明程度的提高，或者说这纯洁的感染，使得昆明如此祥和迷人。

红嘴海鸥是文明的使者，也是对文明的见证。它们的翅膀属于世界，可以随意选择任何国度和地方。

半个月后，当我从边境线上下来，红嘴海鸥真就不见了，那么干净地飞走了，一只都不曾留下来。

多么短暂而友好的相聚。

我想不仅是我，所有的昆明人都会记住这段珍贵的时光。他们一定在盼着明年红嘴海鸥会重新飞来，一如盼着自己的亲人。

草原一瞥

一

车子经过很长的一片无人区，视线长时间地荒芜与单调。

一过无人区，就见到草原上有两匹马在追逐。

它们身上长着好看的斑纹，但又不像是斑马。

它们似乎从很远的地方跑来，像假期远游的一对恋人。

广阔的原野让这对恋人有了新鲜感，它们竟然嬉戏撒欢起来。高大一点的总是想搂着娇小的顺滑的腰，那腰却躲躲闪闪，娇小的转过头来，亲昵地靠向高大的。

高大的就越发来劲，不停地追逐。娇小的就总是调着那个顺滑的腰。

两个恋人等我拿相机的功夫跑远了。

娇小的准是发现了我这外来人的不良之举，带着它的恋人去了一个更加静谧的地方。

一般这种情况下，人会有些思维迷茫。

二

高天上见到两只鹰，那盘旋的姿势像冰上的双人滑。

我看到的似乎是它们的倒影。

近现代　徐悲鸿　松鹰图

它们一忽左旋，一忽右旋，一忽翻身急转，一忽直立上扬。

我不停地随着它们的舞步调整着聚光点，就好像有一条线，风筝样的线，牵动着我的目光。

真的是很久没有看到这样的场面了。

我那里有时连鸟也看不到，即使有只鸟，那鸟也总是从哪里射出来，又弹子一般离去，哪里有这么悠扬的旋舞。

我想，配上一支曲子，也会很合拍。

久久看着的时候，发现两只鹰的个头不一样，跟在后面的要小一些，难道也有冰舞那样个头大小的搭配？

后来从一个牧民那里我才弄明白，那是大的在带着小的飞，是妈妈在让孩子适应风和蓝天。等孩子适应了，妈妈就会放它去独自经风受雨。

冬天在田间飞

一

荒野里有稀稀落落的一两棵树，其余的都是更加稀稀落落的苇草，这使得荒野更加洪荒。

几乎每棵树上都有一两个鸟巢，那些鸟巢在远处看十分鲜明，黑杈杈的一团。一棵树上建一个鸟巢是一种互不妨碍的做法，如果建两个，不是十分亲密的关系，就是侵略行为。

只是很少见到那些鸟儿。

大地已经上冻，连突起的一小片土，都冻得硬硬的，踩在上边，仿佛踩在一块石上。

雪到了一定的时候似乎就停止了融化，一堆堆地积在那里，等待着时间的消耗。麦苗几乎冻得僵死了，却仍然坚持着、抗争着，不会让自己轻易地输给这个冬天。

寒冷可以把撑不住的生物收走，却终也拿一些顽强毫无办法。

有一种绒绒的长毛草，覆盖在田间地脚，上面已经干枯，但你翻起它的表层，下面却还是湿湿的绿，它的根依然存活。

荠菜还活着，伴在麦田边上，大棵冰冷的荠菜通过穗草的手放进篮子里，同时放进去的还有白蒿。

这些野菜也都是能和雪做伴的生命，并且还能以自己的生命接通另一种生命。

早晨来到田野的时候，你会看到有一种轻轻的或浓浓的气体在远处飞，遮盖在那些树和田苗荒草间。

当你循着走去的时候，又看不到了，只感到一种寒寒的清爽。

似乎你已经融入了那团气体之中，你的呼吸和着那气体在跳荡。随着太阳的照耀，那气体还会发生变化，它会将一些毛毛茸茸的东西带动起来，田野间到处发出了舒展的声响，整个的冬天展开了翅膀。

二

我随着穗草一边在地里走，一边把自己认识的野菜剜到穗草的篮子里。

穗草说：“你看这是什么野菜？”

我说：“不认得。”

穗草说：“补补丁呀。”

我说：“怎么缩成这个样子了？”

穗草说：“一打春就会支棱起来呢，别看这些野菜都蔫塌塌的，只等一声雷，就会挓挲一下抖擞起来，可喜人了。”

穗草在前面走着，不时地弯腰，辫子垂下来的时候，会用手撩上去。

我觉得穗草和田野是融在一起的，她就像田间的一棵草，在冬天也扑楞楞的。

太阳升起来的时候，也不那么暖和，没有影响大地原有的寒气。但它散出的光影，倒是把一些有水的地方，有冰的地方，都映射上一层红黄的光。

穗草叫了起来，说：“石头哥，快来看啊！”

我那个时候正在地里追一只兔子。

近现代　佚名　寒冬鸟图(局部)

那只兔子真狡猾，它就在一棵树篷子里，等我靠近了才跑。

我那时离它也就一米远近，看清楚那是一只又大又笨的灰兔子。它一定是怀了小兔子，跑不快。我急忙追，可惜空凭着两手起不到作用，看着要追上的一刻，我扑了上去。

可是那只兔子从我的怀里跳了出去，等我站起来再追的时候，它已经跳进了沟里，顺着沟跑了。

这个时候，我听到了穗草的呼唤。

穗草指着一个很小的洞眼，说："这可能是田鼠洞，咱们挖挖试试。"

这个洞在一座坟墓的旁边，我有些害怕，而且我也感觉出了穗草的害怕。要不穗草看到这个洞眼怎么不自己挖，还要喊着叫着让我过来挖？

我只有鼓起男子汉的勇气，拿起小铲子，一点点挖下去。我心里很是害怕，这个洞眼或许通着坟堆下面的棺材。

挖了很深了，潮湿的土已经变成了硬土。

我说：“穗草，看不着底呀，算了吧。”

穗草说：“田鼠的洞当然深了，你再挖挖。”

我说：“要不，你来试试。”

穗草说：“哎呀，看你，害怕什么？”

穗草真的就拿起了小铲子，照着我挖的口子，一点点地挖下去。

等到挖得有大半个铁锨棒深的时候，穗草叫了起来：“哎呀！”

穗草的叫声把我吓了一跳。我正瞪大着眼睛看着穗草的动作，又不时地瞄一下坟地。我看见坟地的另一个洞眼里突然冒出一个田鼠的脑袋，随即又不见了，以为自己看花了眼睛。

这个时候穗草又“哎呀”了一声。

我看见了粮食，是金黄的玉蜀黍，还有稻子。

穗草激动地两手使劲地往外扒土，那个洞穴越来越大，里边竟然像一个仓库，堆着一堆干干净净的粮食。

这个田鼠的仓库是悬空的，里边掏得很大，看来不是田鼠的生活区，而是田鼠储存食物的仓库。

穗草说："快，快把野菜先倒掉。"

我说："这能要吗？被老鼠拿嘴叼过了。"

穗草说："你不懂，回家问问奶奶和妈妈就知道了，不能吃，就喂鸡呀。"

穗草不去倒篮子里的野菜了，她脱着棉袄的外套。

外套不光起着保护棉袄不被弄脏的作用，还能保暖。

穗草不顾自身地脱着，让我帮她把两个袖子拽了下来，而后扎住袖口，猫下腰，往布衫上捧那些金黄。

一会儿就捧了一堆。

明　沈士充　雪斋图

三

我也兴奋起来。等这个洞眼的粮食弄完了，我对穗草说，我刚才好像看见另一个洞眼里钻出了一个老鼠的脑袋。

穗草说："你怎么不早说呀，田鼠的窝大都是有几个洞眼的，田鼠多狡猾呀，咱们再挖一个，说不准还能挖到。"

田野里的风细细地吹着，拂动着坟头上的那些干黄的草穗子，一摇一摇。

我不敢抬头，穗草似乎是不害怕，提着花布衫子又去了那个洞眼。两个人终是能够壮胆。要是我独自一个，说什么也不敢。

穗草又挖大了那个洞眼。穗草的积极性感染了我，我接过铲子，又干了起来。

洞眼越挖越深了，挖着挖着，我就看见了似乎是粮食的东西。我叫着穗草，让她看。

穗草看着下面露出的颜色，说："不对呀，这是什么食物呀，不像稻子，也不像玉蜀黍。"

穗草拿着铲子轻轻铲两边的土，突然啊地大叫了一声，抓起布衫就跑。

我觉出事情的不妙，赶忙提了篮子，也像一只兔子似的跑出了好远，跑走了才忘了还有一只小铲子没拿。

穗草说："你知道那是啥？"

我说："啥？"我问的时候心里已经慌乱不堪。

这个时候我们离那个坟堆起码有了二十米远。

穗草说："蛇呀！冬眠的蛇！"

啊，我听了立时起了一身鸡皮疙瘩，凉凉的。

我说："赶紧走吧，我们不在这里了。"

穗草说："你的铲子还没有拿回来。"

我说："不要了，反正家里还有。"

穗草说："不要怎么行，你快跑去拿了来。"

我说："真的，不要了。"

穗草说："怎么可以呀，快去！"

我说："要去你去。"

穗草手里拿着一只小铲子，真的就慢慢地走过去了。

穗草的行为让我有些不好意思。我捡了一块土坷垃跟了过去。

坟地里静寂得很，还是那些毛毛草，只是它们的声音更响了。呜呜的，像哭。

我想，难道我刚才看见的不是田鼠，而是蛇头？那只被我们惊动的蛇会不会猛地一下子窜出来？

正想着的时候，穗草已经弯下腰抓起了那只小铲子，而后跑回来了。

她看见我迎着她站着，就递到了我手里，说："看你，一个大男子汉，连家伙都不要了。"

我嘿嘿地笑，说："没见那条蛇？"

穗草说："可能它出不来，蛇也怕冷啊，说不定钻得更深了呢。"

穗草说："我们还挖田鼠洞吗？"

我说："先别了吧，怪吓人的，要不我们再挖点野菜回去。"

四

田野里就我们两个小人的身影在晃动。

太阳升高了，带动着那团雾气越发往远处去，使得田野更加辽远。

没有化完的雪在田垄和地埂上堆积着，发出白亮的光。脚踩在上面，咔嚓咔嚓地响。

不知道地底下的田鼠和蛇能不能听到上面的响声。我故意地踩得更响，像军人在操练。

穗草说："你干什么呀？"

穗草抱着她的花布衫，碎花的棉袄紧紧地箍在身上，回头的时候冲我一笑。

那笑，就把太阳带过来了，太阳在她的脸上划了一层的光，连细微的汗毛都照出来了。小风扬起她的刘海，一飘一飘。

天上有一只鸟飞过，飞得忽高忽低，低的时候，似乎要擦到穗草的刘海。穗草一撩辫子，鸟猛然远去了。

穗草和我约定，过后还要来地里挖田鼠洞。

我说："只要不去那个坟地。"

穗草说："下回咱们带着大的工具来，小铲子还是不好用。"

两个身影走在冬天的田埂上，一个抱着布衫子，一个挎着篮子，一前一后地往家走。

斗鸡成了一种遗产

一

在清明上河园里，我看到一只鸡低着它高贵的脑袋，向另一只同类认输。

它若再有不认输的举动，就会迎来更加惨烈的结果。

其实它立时就被抱走了，剩下那位胜利者接受庆祝的掌声。

胜利者顶着一头血腥，呆呆地站在那里，并不是像卫冕的拳王一般环绕一周，倒显出某种自豪和谦逊。

它得胜的艰难展现在滴血的冠子上，而刚才的失败者更是鲜血淋漓。

二

鸡们或许不明白为什么要如此争斗，是为了一口美食，还是一个美女，非要拼得你死我活？

可是，不拼得你死我活人会愿意吗？鸡想到这里也就只好想通，交一只血脑袋出去，换回一场慨叹和怜惜。

不过，鸡的主人还是会心疼的。

我曾经见过主人抱着斗败的鸡，心疼地亲着它还在滴血的头和脖子，那血沾得嘴边都是。

三

在清明上河园里看到的这场斗鸡，同千年前的北宋没有什么两样。鸡的祖宗和人的先辈差不多也是这么个样子，这么个阵势。

只不过哪一个专场中会有皇帝及后宫佳丽，也未可知，那喊声和笑声里听不出什么不同。

人到了清闲无事的时候，总是会想出一些事情来的，比如让两头牛、两头猪、两只狗相斗，让两条虫、两只蛐蛐相搏；再不然拿两根草分个胜负。反正人不能闲，一闲就闲出事来。

大宋的充裕时光一度把人都弄闲了。酒楼妓馆增多了，勾栏瓦肆成片了，花鸟虫鱼成堆了。

这或许也是苏轼说的那种闲来无事的乐子吧？其实全世界都一样，于是就有了斗鸡、跑马之类。

斗鸡这个品种算是鸡的另类。它比一般的鸡骨骼发达，高大威猛，雄健非凡。爪子粗而坚锋，头颈昂起就像一支箭。它时刻瞪着一双虎气昂昂的鸡眼，一看就不是瓤茬。人见了都退避三舍，更别说鸡了。所谓斗鸡相见，分外眼红，那都是被人调教的。

主人也舍得下本，给鸡吃喝都不赖，甚至主人不吃也要让鸡吃好。鸡也知道“受人滴水之恩，当以涌泉相报”的道理，每次都以战死沙场的姿态出征上阵。

所以当鸡战得气息奄奄的一刻，主人比鸡还疼，泪流在脸上，血流在心里，甚至会抱着那鸡大哭一场。

鸡呢，到了这份上，也就觉得值了。

近现代　齐白石　鸡

唉，斗鸡，莫不是在斗人？

你看战时那人一个个眼睛瞪的，心没在胸腔里搁着，都在外边跳着，口张得已经闭不回去。

这个时候你别看鸡，你看人，那可能会看到各式各样的模样。

四

开封人爱斗鸡，已成为传统。

这使得我们能在今天看到大宋时期的景象。现在，“开封斗鸡”也是一种非物质文化遗产了。

开封人喜养花鸟虫鱼，那是一个盛世王朝的遗风。

我曾在一条条街巷中行走，会不经意间看到小家小户中斗鸡的身影。

而且在湖堤水岸，常有人自发地聚集在一起，开展一次友谊斗鸡活动。

斗鸡在开封比在他处更具有生活意味、历史意味和文化意味。

还是回到清明上河园的现场。

第一回合的时候，失败者以小出击获胜，这使得那些手里攒着它的注号的人们格外疯狂，掌声欢呼声四海雷动。

谁想第二轮发生逆转，它自以为已经占了上风，可以雄视对方了，一开始便主动出击，要给对方来个下马威，却被对手几次躲过。三板斧过去，它体力大降，冲劲儿锐减。对手却是以静制动，猛然发力，击其弱处，几口下去，即见分晓。

第三回是决胜局，两位都有疲惫之态，就有人用水喷激，使它们振奋精神，坚持最后一搏。

这一搏可真的是豁出去了，直打得烽烟滚滚，杀气威威。

场子也乱了，看台上群情激奋，叫嚣连天，一个个血脉偾张，呼吸停滞。

五

押宝押赢了的人们比斗胜的鸡还兴奋，他们替鸡奔走相告。

有的掏出了手机，要把这喜讯传遍大江南北，真好似他们自己上了一次战场。

战场上，最后的搏击过后，彩色的毛发尚在不屈地飞舞，迟迟不肯像血一样猝然落地。

出来看到斗鸡场的一副对联：功成昂大羽，败北抖雄风。

发现兔鼠

一

天终于亮了，童话似的。我一度觉得这里的天不会亮，竟然也亮了。

早起爬起来，刚一钻出帐篷就呆住了，怎么满世界一片洁白。

白得几乎分不出天和地。

再定睛看，发现是将对面不远的雪山当成了天。

那雪山昨晚只是上半身白，现在和大地白在了一起，将整个世界放大。

再放眼望去，就看到了天底下连绵的雪山。

在天色完全开了的时候，才能看到雪山与天空和大地的分界。

其实，哪里有什么大地，全是起起伏伏的山原，没有一处平展。

二

当雪野中出现兔鼠的时候，我以为是眼睛出了问题。用手揉揉眼再看，还是看到漫天白色中，绒绒绿草间，有什么东西在弹动。

不是风吹动着什么，不是，也没有那么大的风，那一定是什么活物了。

是什么呢？我身边没有他人，一时不能解惑，只能走上前去看，慢慢地靠近，真的看到了一只只跳动的“小老鼠”！

不，它们比小老鼠大，更像小兔子，可在如此高寒地区，什么兔子能成活？

我拿起相机，用长焦对准一只看去。镜头里，终于看清它的模样，那似乎是像兔子又像老鼠的动物，长 10 厘米到 20 厘米，只是耳朵不长。

它们大都是黄褐或浅灰色，每一只都肥嘟嘟的，但身手敏捷。

后来我知道了，它们叫兔鼠。

宋　佚名　雪山行旅图

三

这片荒原罕有人迹，我们也是经历了旅途的艰难，才在此扎起帐篷，兔鼠一定没有怎么见过人。它们防范意识很强，或者说胆小。

我慢慢接近一只兔鼠，它正在吃着雪中的青草。看到一个庞然大物走来，它仰起头将两腿提起，随时准备撤退奔逃，而它的小眼睛不停地眨动，似乎在思考我的意图。

我停住了，站在那里向它表示友好，并且轻轻按动相机快门，将这一幕保存下来。可能是看我没有伤害它的意思，这只小兔鼠放下了前腿，继续埋头吃起来。

不过，它时不时地仰一下头，看看我的举动。

我想离它再近一些。我悄悄地挪动着步子，相机的取景框里，小兔鼠的特写越来越大，而且我能够看清它长长的胡须，还有黄茸茸的皮毛。

当它仰头看我的时候，它的两颗门牙正由于嘴唇的蠕动而凸露出来，很是娇憨。

一根青草在嘴角一点点地被小白牙嚼进肚里，而后它就再将头低下去。

在我又往前挪动一点儿后，镜头里的兔鼠十分清晰了，我已经感到满意。

正当我享受自己的成果时，不知从哪里跳出来另一只兔鼠，靠近它说了一句什么似的，就将那只吃草的小兔鼠给带跑了，而且跑得十分迅疾。

它们不仅跑出了速度，更跑出了我的惊奇。

四

我走过去仔细地观察，发现就在兔鼠刚才待的地方，有一个鼠洞。兔鼠之所以不大害怕我，可能是它有最后的防御体系。即便有这个防御体系，同类也过来提示它，千万不可大意，遇到这种不明生物，还是早走为上。

可爱的小兔鼠，就这样从我的镜头里消失了。再想如此近距离地接近它们，成了异想天开的事情。

我找到一个洞口，其实完全不用找，脚下到处都是。

在高高低低的土疙瘩之间，满是大大小小的洞。有的在疙瘩上，有的在疙瘩的旁边，还有的在两块疙瘩间的凹处。那简直就是“地道战”的微缩版。

不仔细看，真不能认定那就是洞口，因为多被绿草遮掩。

这些小生灵，为了生存，看来也是在实践中找出了自己的防范门道。

它们一定不是为了防范人类，而是防范它们的天敌。

我悄悄地蹲在了旁边，然后亲眼见到一只兔鼠钻了进去。

兔鼠钻到洞里以后，还会将头露出来，频繁地左顾右盼，以确定是否可以安全出来。那么，进去的这只兔鼠一定也会如此操作。

可是我等了半天，也没有见到那毛茸茸的影子。

慢慢地我明白了，真是狡兔三窟，这种灵物同中原的兔子隔了这么远，竟然是一样的。因为我发现在远离我的一个洞口冒上来半个兔头，小家伙最终从那个洞钻了出去，啃下一片草叶，又闪电似的消失在洞里。

我试着模仿它做了一下动作，猛然跳起来，用脚狠狠地踏一下雪原。

这时再看，四下里一片混乱，兔鼠们遍及雪野，瞬时消失得无影无踪。

说是混乱，也许只是我的感觉，说不定人家各有各的逃跑路线和躲避方式。

适者生存，在这种恶劣的自然环境和生态环境下能够存活，而且还存活得如此顽强，真的是有它们的道理。

五

我后来知道这种叫作兔鼠的小动物，是高原牧场常见的哺乳动物，平均每两个月产一窝仔。

兔鼠是草原的“杀手”，一只兔鼠可以破坏 0.5 至 0.7 平方米面积的草原。它不仅挖洞，而且还将挖出的土堆积在洞口，这使得草无法生长。一片土地缺乏了植被的保护，经过暴雨的冲刷，就会沟槽纵横，水土流失，也就加重了草场的沙化和退化。

那么，兔鼠的天敌是什么？是鹰。鹰一类的猛禽保持在一定数量，兔鼠的数目会被限制在较小范围，这样就不会对草场造成严重的危害。所以对鹰的保护十分重要。

我们露宿的这个地方，直到我们离开，也没有发现一只盘旋的鹰。

这或许是这一带兔鼠多的缘故。

我听说，如果人们大量捕猎和用药，鹰的数量就会大大减少，最终造成草原生态失衡、鼠害泛滥的局面。

虽然这些年已经严禁捕猎，但偷猎者还是存在的。

六

昨晚睡在帐篷里，我感觉到身子底下不平整，也许就是兔鼠挖洞造成的。

不过，它们或许从来就没有想过，会有几个外来人，来到雪山高原，闯入它们自由的领地。

当然，它们一定感觉到了我们的友好。即便我们占用了它们的洞口，它们也不会发愁，无非通过深长的地道从其他洞口出来。

在我着迷于兔鼠的时候，远远地有两个人提着一只桶走来，近了才看清那是一男一女，是我们队伍中的嘎玛文青和白玛拉增。

他们到河水的上游，打来了洗漱和做早餐用的水。而那些小兔鼠，就在他们的前面起起伏伏地蹦跳着，将地上细微的雪花带起来。这个早晨，像是一首诗。

高原辽阔

一

在山头拐弯的时候，猛然看到一只大鸟，蹲在路边的山石上。

那只大鸟对我们乘坐的钢铁打造的庞然大物见怪不怪，离着那么近的距离都纹丝不动。

有人说那是一只乌鸦。乌鸦也会生活在高原上？

“藏族人讲，遇到乌鸦是好事，乌鸦吐财宝。”文扎接着说，“如果遇到背水的少女，而不是背筐的女人，也是好事。”

正说着，远远的竟然有一个扎着头巾的女子，那个女子正提着水桶走向白色的藏包。

看到这些大家都笑了，说跟着文扎有福气。

莫不是让我们说顺了嘴，再次转过一座山头，前面的峡谷间出现了一道彩虹。

高海拔的地方，不是雨就是雪，时晴时阴，看到好的景致是要抓紧拍照的，因为过一会儿不是云遮雾绕，就是雨雪霏霏。

能见到彩虹，也是福。

二

一群岩羊，正在高高的山峰上找吃的。

文扎说："如果出现雪豹，这些岩羊就麻烦了。"

雪豹与岩羊都是这个时候出来觅食。

有人拍到一个视频，一只雪豹可能是饿极了，为了捕获一只岩羊，借着雪和岩石的掩护，一点点匍匐向前，渐渐接近了岩羊。

岩羊是十分灵巧的动物，之所以称为岩羊，就是因为它们有着很强的攀岩能力。

当雪豹发起攻击的一刹那，岩羊也跳起来在悬崖上飞跑。

雪豹的一扑，几乎同岩羊的一跳同时发生，雪豹和岩羊都从山崖上滚落了下去。

那可是万丈峭壁，就像崩塌的石头，雪豹和岩羊高高地落下，落到石崖上弹起再落下，落下再弹起，直到翻滚到万丈深的谷底。

视频看了不免让人感叹，在这样的地方，生存是第一位的，能够生存下来的，都是高原之子。

三

路边的山崖上，好像是岩羊在攀爬，不仔细看发现不了。只有等它们在崖顶透现于白云，才能看清可爱的身影。

看岩羊的时候，还能望见更高处的雄鹰。一只两只，在云端盘旋，一会儿被云遮没，一会儿从云间飞出。

过一个山口，发现四五只藏野驴在溪边喝水，看到我们的车子，不慌不忙地跑掉。

文扎说："这一带是野生动物的天堂，而且还有雪豹出没。听广播说，一个牧民听到藏獒的狂吼，发现藏獒扑向了南坡草场。他拿出望远镜，看到雪豹咬住了一头小牛，藏獒正向雪豹扑去，后来雪豹放开了小牛，却将藏獒咬伤了。"

我没有见过雪豹的身影，能够打得过藏獒，想来这雪豹十分凶猛。

后来才知道，雪豹是健康山地生态系统的指示器，是世界上最高海拔的显著象征。由于人类的捕杀，世界上现存的雪豹数量极少，青海也只有千余只。

孤寂的雪豹，已经被列入国际濒危野生动物红皮书。想起雪豹与岩羊共坠悬崖的情景，如果雪豹不是饿极，不会那么不顾性命。

当然，这是站在了雪豹的角度，而没有站到其他物种的角度。在这个各类生命共生共存的自由之域，只能尊崇优胜劣汰的自然法则。

四

人是不能离开阳光的。

在失去阳光的两日里，我们只顾着与雨雪抗争，与大地抗争，与不顺的旅途抗争，几乎将带来好运的太阳忘记了。或者说，我们已经不再奢求阳光的照射，不出意外就不错了。

这时再看无边无际的荒原，是那么浩渺旷远。阳光仍然不是全部打上去的，而是这里那里地闪现，闪现的地方明亮而透彻。

雪野如锡箔铺展，阴暗的地方也好看，显现着一种暗蓝的色调。

两种色调互相衬托，又互相转换，构成天地间无与伦比的奇观。

恰在这时，画面中出现了牦牛。

随着车子的前移，那些牦牛越来越鲜明地映在了画布上。

宋　燕肃　关山积雪图

是的，画布的色彩在改变，已经出现了大幅的绿色，这是化雪的结果。绿色的出现，使得画面更加生动，而这些牦牛，是生动中的生动。

有牦牛，便有藏包。一两个零落的藏包如升出地面的蘑菇，升出鼓鼓的生气。

看那缭绕的炊烟和炊烟下的狗，就让人想到有一个女主人在里面，正打着酥油茶，享受着快乐的时光。

五

车子一进入长江源头管理区，就进入了无人区。很大一片区域内，荒无人烟，实际上也看不清什么，视线全被纷飞的雨雪遮挡了。

越往里面，越看不清路。我们只能盯着前面的车子走，车子跑得快了，就只能盯着车辙，但是车辙很快就被雨雪覆盖。

文扎紧跟慢赶，不敢有丝毫分离。

过了一座小桥，桥下有水，水流不大。这水一定属于江源。桥修得很简单，在远处是看不清楚的。

走了不短的时间，又是一座小桥，这座桥更低，更简单。这个时候，已经看不清桥下的水。雨雪变得更大，雨刷器紧张地摇摆。

车子不停地打滑，没有一次是笔直地前行，全是划船一般，左摆右晃。文扎把紧方向盘，一刻不敢松懈。

更大的雪花粘在玻璃上，更加恶劣的气候来临了，像是车子撞进了棉花房，天地一片乱絮喧腾。实际上，天地合成了一片混沌，混沌中弥漫的是冰雪。

猛然有人喊起来，说快看，左前方！

那是什么？是一群牦牛，不错，它们要去哪里？

大群的牦牛在风雪中赶路，它们一个个低着头，就像抵着风雪在前行。有的也会发生趔趄；有的隔开一段距离；有的走到了水中，又从水中走出。成百上千头黑色的牦牛在行进。

我从来没有这么近距离地见到过如此多的牦牛，它们体形硕大，每一头都如一尊“活动”的雕塑。

虚晃中竟然能看到这样的情景：一头小牛落在后面，老牛停下来等它，其他的牦牛混杂地走过它的身边，它不为所动，一直等到那头小牛跟上来。

这群黑色的雕塑不时被大片的白雪所覆盖。车里面听不到声音，但是分明感觉到一阵轰然。

这简直就是一幅巨大的高原风雪图。图中分不清雪是主角，还是牦牛是主角，它们时而清晰，时而模糊。不论将这幅画挂在哪个殿堂，都会十分震撼。

竟然闪出一群野驴，被我们的车子冲散，两下里跑去。说是跑，其实也不快，因为它们并不怕车子。它们在自己的天地间，只是被这场风雪弄得有些不知所措。

有几只野驴下到了近旁的坡下，这是一片高低起伏的丘陵地。坡下很滑，那些野驴艰难地在里面挣扎。

再往前，几匹野马也在风雪中行进。我不知道这些牦牛、野驴、野马要往哪里去，它们有的朝东，有的朝西，但是都集体行动，在这风雪中，没有谁掉队。

还看到三两匹狼在跑来跑去，它们好像没有目标，跑跑停停，再扭过头跑。

狂风中的大雪，渐渐变成了冰雹，啪啪哒哒打在挡风玻璃上，而后从玻璃上弹跳起来，同引擎盖子上的冰雹汇在一起，闹出更大的动静。

格拉丹东，就是以这种方式迎接我们的到来的。

而正是这种方式，才透出格拉丹东的神秘和奇伟。

惊　蛰

一

那天正上课，一个同学偷偷塞给我一片纸。

翻过纸的背面，竟是一片密密的小“芝麻”。

同学说这是桑蚕籽，比蓖麻蚕还要好呢。那之前我见过蓖麻蚕，专吃蓖麻叶，蚕身长得也不好看，和同学用两本画书才换了两条。

这些小芝麻粒，会不会变成一条条白白的活物呢？同学说，等吧，等惊蛰春雷响的时候，它们就会被震醒出来了。

我说：“你怎么知道？”

同学说：“我奶奶说的。我奶奶说，春雷响，万物长，惊蛰就是雷声会把冬眠的小虫子惊醒。”

“哦，你奶奶懂得真多。”

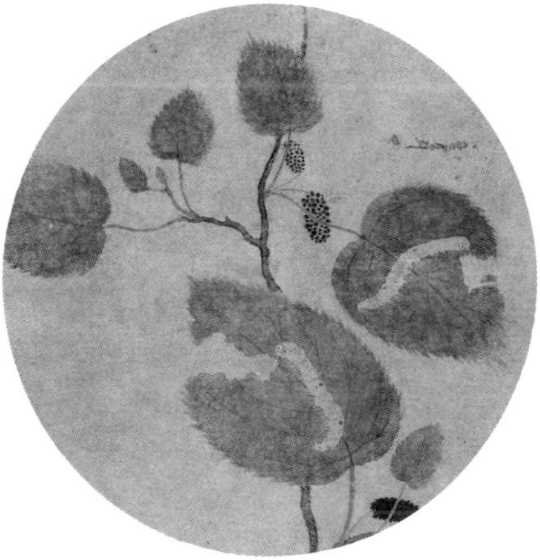

明 孙艾 蚕桑图(局部)

于是就天天有了一个秘密的盼望。

惊蛰，多么神秘的节气啊！

终于在一天夜晚，远远传来一阵沉闷的声响。起初我还疑惑，再听，可不就是雷声？

赶忙光脚下床取小盒子来看，小盒子里的纸片却没有任何迹象。那雷声更大了，雨也淅淅沥沥响在了窗外。

连续几天，热热的心情冷却下来。

又一天，同学说：“你的蚕宝宝出来了吗？我的已经出来了呢。”

我才想起高搁于门头顶上的那个小盒子，已经有些天没去看它了。

下学急忙忙跑回去，打开一看，哟，密绒绒爬了一层小蚕，样子像小黑蚂蚁一般，白皙皙的蚕宝宝最初原是这般丑模样。

仔细看了，小“蚕蚁”们蠕动着，扬着小脑袋寻找吃食，还有些正伸头弯腰地从圆壳里挣脱出来。

它们出来了多久呢？出来后找不到食吃，它们该是什么样的心情呢？它们必是有情绪的。

我跑到屋子后边的田野上去看，问田里的农人，却没有找到野桑树。

好不容易等到下午上课，又好不容易盼到了下课。

我跟着那位同学走了很远很远，才找到了一棵野桑树。那小桑树上，光秃秃的杆儿，只挑着几簇细嫩的芽芽。

我们捋下来一小把，剩下的叶儿留待下回再采。

只这一小把，就够小蚕蚁们吃好久了。

叶芽放在盒子里，半个时辰，那些小玩意就爬满了上边。好玩极了。

蚕宝宝长得很快，那棵小树不够捋掠了，我便依着同学的指点去寻别的野桑。

我这才发现，桑树大都长在坟墓上，尤其是那棵大桑树，枝繁叶茂地荫于坟群中，远望者喜，近看则忧。

小时候听了不少鬼神的故事，因而就最怕坟茔。

这时也怪，想起在家饿肚子的蚕宝宝，勇气就陡然而生了。走到树下三下两下上去，只顾捋那可爱痴痴的叶子，一切都不再挂心了。

许是养蚕者多而野桑少，郁郁葱葱的桑树几乎不见，都是稀稀拉拉的叶子。每次要捋一书包，总是难得。

每日里，采桑便是放学后的乐趣了。

二

母亲从小就支持我学知识长见识，她把一颗慈母心同样施在了蚕宝宝身上。

母亲最怕那些坟，不知道为什么。她每每嘱咐我要找个同学做伴，不要去得太晚。

我每次去采桑叶，她都放不下心来。我这养蚕，是好事还是坏事呢？养了它们究竟是为了什么？道不明白。

蚕宝宝一天天长大，一层皮一层皮蜕掉，身子渐渐变成纯白色，十分惹人爱怜。

小盒子换了大箱子，一条条数了数，竟有几百条之多，这使我成了这一片的养蚕“大户”。

我越发地忙了，日子过得也快。以前没有养过蚕，不知道这小生灵有那么大的肚量，一把桑叶撒上去，看是绿绿的一层，窸窸窣窣一阵细雨声响，便全露出了白白的蚕身子。

只有连撒几遍，那蚕才吃饱了肚子养神歇息。

直到它们一个个吐丝结茧，采桑的繁忙劳作才告一段落。

蚕结了茧，茧里飞出了蛾子，蛾下了籽，那籽可就百倍于初了。籽被下在一张张硬纸上，送了不少给人，还剩好几张。

来年清明，那籽一个个破了，又钻出一片密麻麻的生命来。

三

我心里不忍看它们挨饿，只好再去采桑。

如此又一年。

慢慢忙不过来了，闹得我们全家齐动员。有人去采桑叶，有人在家照管蚕。

害怕虫子的母亲，也敢用手一条条拿起蚕来打扫箱子。年纪尚小的妹妹们，在我找不到伴儿的时候，也跟我跑出好远去采桑。

自然她们不用帮什么忙，只是跟我做伴儿壮胆。她们站在野坟地里，看我高高地攀在树上，便不停地“哥哥哥哥”地唤着。

那坟地在旷野中，是十分静寂的，尤其是那没腰的荒草和那黑洞洞的兔窝狐洞，更是瘆人。没有妹妹们壮胆，我是如何也没有这般勇气的。

还有母亲，也曾陪我去过这样的地方。

记得有一次，我没顾上去采桑叶，晚间了，蚕把所有的存叶吃尽，母亲甚至把打扫出来的箱底垃圾又倒了进去，也无济于事。那些蚕宝宝，一条条全仰着头，四处找食。

看着高升的月亮，我早失去了勇气。心善的母亲看不下去，坚意劝说并陪我去采桑。

我们就在月色苍茫中走了很远的路，再一步步进入坟地里。我默不作声地爬上那棵不大的桑树，母亲则站在坟堆里，夜风簌簌……

三年过去，我终于下狠心把所有的蚕籽都送了人。

因为我升入了小学的高年级，也因为我不想再让亲人们跟着受累。

但我深切地记着，为了我认定的小事业，亲人们给了我多么大的支持啊。

有了母亲的支持，我才从小懂得了人生的许多事理。

我熟识了田野，喜欢上了大自然。远远的地平线上，我会在众多的树木中一眼认出哪棵是野桑。

那桑叶的清气、桑葚的嫩甜，深深地“香”在我的记忆中。

可可西里之魂

一

我们在默默地等待着一个时辰，或者说等待着一个机会，一个能够看到那些高原精灵的机会。

在很长一段时间内，这种机会被疯狂的枪声剥夺了。

那个时候，世界上很多的人还不知道藏羚羊的名字，更不可能见识过它那灵动的英姿，也不知道可可西里。

可以说，藏羚羊与可可西里，和一个人的名字同时光耀于昆仑山下。

有人将藏羚羊看成是可可西里原始部落的成员，它们的转场就像牧人部落的迁徙。

藏羚羊有自己的族群，每一个族群都有自己固定的牧场。

每到夏天，它们都要一群群地在茫茫高原上，逐水草而漂泊迁徙。

年复一年，只要没有走向死亡，它们都是走在自己熟悉的路上。

到了秋冬季节，它们又会从各自的牧场赶回来，赶到可可西里腹地的太阳湖边去产羊羔。那仿佛是一个千年不改变的约定，一个藏羚羊族群与太阳湖的约定。

每一只走出去的藏羚羊，都会按照这个约定回来。

但是也有一些藏羚羊，走出去了，就永远回不来了。它们将生命留在了长途迁徙的路上。

我曾见到孤独的藏羚羊，远远地站在一座山头，或者一片铁丝网前，呆呆地不知所措。有的则长时间徘徊，仍然不知所措。

二

看到藏羚羊就会想起他的名字：索南达杰。

索南达杰出现的时候，可可西里藏羚羊的数目已经不到两万只。

它们曾经是可可西里自由欢快的精灵，世上独一无二的精灵。

自从它们被那些极端的利己主义者盯上，茫茫4.5万平方公里的无人区，便没有了这些精灵的立足之地。

它们在一次次捕杀、一声声枪声中倒下。孩子失去了妈妈，妈妈失去了孩子。

在过去就确立的生存空间，已经容不下它们。

当见到一个个凶神恶煞般狰狞却又得意的面孔时，它们无助地战栗、流泪，无助地倒下、死去。

再不加以保护，可可西里的精灵将成为传说，可可西里将变得一片冷寂。

索南达杰提出这一问题的时候，可可西里还不是什么保护区，索南达杰成了这里第一个保护机构的负责人。

这个负责人是要担风险的，也是要迎风险的。因为，他阻挡了无数财路，他直接挡在了射向藏羚羊的枪口前。那么，那些枪口一致对准了他。

索南达杰说过，如果需要死人，就让他死在最前面。

索南达杰真的为藏羚羊献出了生命。

索南达杰的名字同藏羚羊连在了一起，同可可西里连在了一起。

可可西里，你这孕育无限宝藏的土地，也上演了一个“出师未捷身先死，长使英雄泪满襟”的震撼人心的故事。

我听说，在为索南达杰送行的那些天里，全治多的数百僧侣自发赶到治多县城，点燃了千盏佛灯，连续七天七夜为索南达杰的亡灵诵经超度。

这种情形，感染了草原上每一个人，也一定感染了藏羚羊们。它们天性有知，也会站在太阳湖边默默垂泪。

因为索南达杰的死，更多的人知道了藏羚羊这种濒临灭绝的生物，知道了可可西里这个名字。

每一个关注藏羚羊的人，都会知道索南达杰，还有扎巴多杰。

索南达杰去世后，索南达杰的妹夫扎巴多杰接替了索南达杰的工作。扎巴多杰也献出了自己的生命。

虽然扎巴多杰死在了自己家里，但同样与藏羚羊有关。他同索南达杰的鲜血流在了一起。

21世纪初，可可西里国家级自然保护区设立，藏羚羊受到了前所未有的保护。

如今藏羚羊种群的数目，渐渐达到十位数。

两位英雄的事迹，可可西里知道，藏羚羊知道，良善的人们亦不会忘记他们。

三

关于藏羚羊与扎巴多杰的故事，我早在古岳的文章里熟知。古岳的文字中有这样的记载：

> 有一天，扎巴多杰在巡山的途中，大老远发现了一只出生不久的小藏羚羊，它的母亲倒在血泊中，身上的羊皮像是刚刚被剥掉，上面的鲜血依然鲜红。
>
> 小羊羔依偎在母亲身边，还一声声呼唤着母亲。

清　郎世宁　松下羚羊图（局部）

扎巴多杰抱起小羚羊时，一串泪水滴落在小羚羊身上。他将它放进自己的怀里，用藏袍宽大的衣襟裹起来。

在之后的日子里，他一直照顾这个失去母亲的孩子。几个月后，他又专程前往可可西里，将小羚羊放还给大自然。

还有一次，扎巴多杰看到一只更可怜的小羚羊，它还在母亲的肚子里，还没来得及出生，它的母亲已被枪杀。

同样是被剥了皮的母亲，不同的是这个母

亲的肚皮被划开了。

未及降生的小羚羊提前探出头来，呼吸着凛冽的空气，它还不知道世上发生的事情。

扎巴多杰发现这只小羚羊时，它还有一息尚存，但是已经无力回天。他们不忍目睹小羚羊最后的模样，只好挥泪而去。

这是古岳采访扎巴多杰获得的第一手材料，是真实的，更是感人的。

扎巴多杰由于深陷其中而长期受到善良的折磨，同那些逐利而疯狂到极点的恶人来说，他的个人的善良太渺小，他也因感到渺小而陷入了孤独。

古岳还叙述了另一个听来的故事：一个人曾看到过一只焦黑的藏羚羊，盗猎者捕获它，活生生剥掉了它全身的毛皮。它还活着，血淋淋的身躯被阳光和风雪吹打成了焦黑色。

在荒原上，它挣扎着向前，每一步都发出凄惨的哀叫。

那个人还讲到目睹盗猎者活剥藏羚羊皮的情景：

盗猎者将捕获的藏羚羊摁倒在地，用锋利的刀刃在藏羚羊四只小腿和脖子上划一个圆圈状的口子，再从四只腿的内侧和肚皮上划开一条条线，将那些伤口连在一起，而后从脖子的刀口将羊皮翻开，用力去拽。

等拽到一定程度的时候，他就猛地放开被摁在地上的羚羊。藏羚羊腾空跃起的一刹，整张羚羊皮就在盗猎者滴血的手上摇荡。被剥掉了羊皮的藏羚羊鲜血淋漓地奔跑在寒冷的荒野上。

读到这些文字，我久久地激愤，陷入一种不安之态。那血淋淋的印象实在太深刻，以致只要提到可可西里，眼前就会闪现这深入心底的镜头。

四

这次经过可可西里，正好赶上藏羚羊迁徙。

繁忙的运输线顿时沉默下来，两边的车队戛然而止，留出那片地域，等待着一个时间。

那片地域中有一座桥孔，连通着车道的两边。

不大一会儿，藏羚羊的身影出现了，它们先是有些犹豫，但是领头的还是迈出了坚毅的四蹄，继而撒欢地奔跑起来。

其他的藏羚羊紧跟其后，同样撒欢地奔跑。

我想，它们不会像人类一样鞠躬敬礼，如果会，它们是会那样做的。

高原的生灵，只能以撒欢地奔跑，来表示自己的感谢之意。

而人类能够做的，也只有这样了，这也比先前的围追堵截、疯狂捕猎宰杀要好得多。

这是藏羚羊的呼叫与眼泪换来的，是人类自己的呼叫和眼泪换来的。

当人类不关注、理解与爱惜异类，也不关注、理解与爱惜同类的时候，将不知其可。

互相的提醒，互相的示范，才使得良善回到良善之上。

我默默地注视着藏羚羊，心同它们一起撒欢奔跑。

绿孔雀

一

哀牢山。

过了蚕豆田。过了中树尾。过了干海子。过了黄草岭。过了花箐。……

山路弯弯，山路十八弯，山路九十九道弯，这里的山路，九百九十九道弯也有了。盘桓的山路就像一条拉锁，把崇山峻岭一点点打开。

翻过爱尼山，翻过苏家山，翻过独田山，翻过大岭岗，翻过鹅头山，翻过老虎山……这些山岭都属于哀牢山，属于它的一部分。我在其中艰难穿行，为的是要去看绿孔雀，东方的绿孔雀，世界稀有的绿孔雀。

只要一提“孔雀”，人们便以为是动物园中常见的蓝孔雀的样貌，殊不知蓝孔雀是引进观赏的外来物种。其体型及外貌，都不及我所说的绿孔雀。

绿孔雀是中国唯一的本土原生孔雀，也是我国野生雉类中体型最大的鸟类，被誉为“百鸟之王”，很难人工饲养，几乎全为野生，多生活在这苍莽深邃的哀牢山中。

从古至今，绿孔雀都是美丽、威仪、善良、吉祥、和平、幸福的象征，它那高雅的体态，美丽的羽衣，优美的舞姿，使得人们对它怀有特别的崇敬。

已经是哀牢山的深处，我们的车子从楚雄出发，已经在大山中盘绕了大半天。

无数道岭，无数座山，似乎永远也翻不完。

从这边的山上看对面的山头，中间隔着万丈深渊。

我们还要一点点地盘下去，再一点点地盘上来，盘了半天，却发现就在刚才对着的那个山头。

哀牢山，实在是太大、太深，然而我们的绿孔雀，就是喜欢待在这少有人打搅之处。

华夏文化有悠久的凤文化传统，而且凤在图腾时代就已经深入人心。绿孔雀是凤凰图腾的原型。

凤凰齐飞、相约嘶鸣的形象，向来都是吉祥和谐的象征。

有一项研究表明，河南省淅川县发现的仰韶文化骨骼遗迹中，极可能就有绿孔雀的遗迹。同时出土的动物遗迹还包括苏门犀、亚洲黑熊和亚洲象。

也就是说，约六千年前，我国河南在内的大部分地区与南方的气候相一致，适宜亚洲象生长，也适宜绿孔雀生存。

后来，这些动物已经是我国南部或东南亚地区的特有物种，云南则成了我国绿孔雀的唯一分布省份。真就是“孔雀东南飞”了。

能在野外亲眼看见绿孔雀十分不易。

绿孔雀体型比常见的蓝孔雀大许多，全身呈翠绿色。雄孔雀有簇状羽冠，脖子上的鳞片，金子般闪烁，这是雄绿孔雀独有的，可谓“甲光向日金鳞开”。只要绿孔雀仰一仰头颅，晃一晃脖子，就足以震慑所有禽类。

所以西南地区也叫它“金孔雀”。

二

车子在又一座大山间盘旋，下面深谷里有一条水流，当地叫绿汁江，很美的名字。

绿色的汁液汇成了一条水，这水该是多么的绿，多么的清。

绿汁江属于红河的上游。红河是云南一条有名的河流，水呈红色，可见过了绿汁江，下游就改变了颜色，大概与土质和其他因素有关。

绿孔雀着实会选地方，它们也是走南闯北，挑来挑去，最后选定在这一带落脚，繁衍生息。

在绿孔雀曾经待过的地方，人们都十分惋惜，铆足劲儿打造新环境，希望这可爱的精灵能再次光顾。这样说来，现在绿孔雀生活的双柏县域，绝对会对它格外在意。

孔雀是体型最大的雉科鸟类，加之它漂亮而醒目的羽毛，很容易成为猎捕对象。而且绿孔雀喜欢栖息在耕地附近，结伴去地里觅食。它们较为偏爱农家种的豌豆和稻谷，而豌豆、稻谷又属于云南的主要农作物。

如此一来，农家为了保护自己的庄稼，播种前会用农药浸泡种子，这种做法常常让绿孔雀遭受“灭门之灾”。

农家还有一个习惯，就是将牛羊散放在山林里，让它们随意觅食，而山林中会生活着一些绿孔雀。牛羊倒是可以同绿孔雀平安相处，只是农人为了赶回牛羊，会大声吆喝，四处搜寻。这就会对绿孔雀造成惊扰。尤其是现在有山林承包，也会出现小片开荒的现象，绿孔雀的适宜生存空间也就日渐萎缩。

20 世纪 90 年代，多位鸟类学者经过三年调查发表了《绿孔雀在中国的分布现状调查》。其中提到，20 世纪 60 年代前，绿孔雀在云南的数量还比较多；到了 1995 年，云南全省的绿孔雀数量只有千只左右；再到 2014 年，专家们关注到，绿孔雀已经是凤毛麟角。

以数据推算，全国现存的绿孔雀数量，不会超过五百只。

多么令人担忧，从远古飞来的金凤凰，就要在我们眼前永久消失了吗？问谁，都不会答应。

绿孔雀与我们的环境保护息息相关，我们要绿水

近现代　江寒汀　孔雀图轴

青山，更要绿水青山中的绿孔雀。

因此各种声音都在紧急呼吁：不尽快采取保护措施，十年内，云南野生绿孔雀很可能灭绝！

其实早在1988年，绿孔雀就被列为国家一级保护动物；2013年，又被世界自然保护联盟列为濒危物种；2017年，又被云南省列为极危物种。

“极危”二字多么刺眼，多么可怖，绿孔雀的珍贵也就不言而喻了。

好的消息是，楚雄州的双柏县是绿孔雀的聚集地。当地为了保护绿孔雀，建立了绿孔雀自然保护区，并不断扩大保护区的面积和范围，加强对绿孔雀的巡护监测，严厉打击危害绿孔雀的违法行为。

根据绿孔雀的生活习性，保护区内还建设有水源点、投食地，解决资源短缺季节绿孔雀的饮水、觅食问题。

双柏县境内的绿孔雀种群得到了有效保护，数量明显增长，双柏县是云南省乃至全国野生绿孔雀种群密度最大、分布数量最集中的区域。据了解，截止到2022年3月，云南全省的野生绿孔雀约550只，而楚雄州双柏县境内，就存有两三百只。

三

车子还在向着哀牢山腹地的碍嘉镇前行，终于从低谷盘上了又一座山峰，到达一个名为孔雀岭的地方。

站在山巅看对面的山，能看到很远，很远都是层层叠叠的山峦。

有烟雾从山坳里升上来，像农家在烧火做饭，飘飘摇摇直向天际。

双柏县宣传部的张正丽说，她曾经在这里看到过绿孔雀。

看我露出惊讶的神态，她说那是去年清明节回来，在这山腰上的毛铺子村看到的，那里是茶马古道必经之地。

而她的家就在那里，就在刚刚升起烟雾的地方。早晨她走到村子的边缘，猛然就发现了丛林里的绿孔雀。

那几只绿孔雀可能是喜欢农民种的豆子，在那里啄食。

她立时就不敢再动，只是远远地看着，只一会儿，它们就跑走了。其实它们什么都没有发现，但好像预感到有人在看，这些羞于见人的小精灵，一声招呼下一起消失得无影无踪。

正丽说道，自己常年在城里工作，偶尔回来一次，睡不着了，开门出来才看到绿孔雀，当时就好像是做了一个梦。好半天了，她还在想着那几丛活动的绿色，于是就怀揣着宝物似的，到处向人展示留在眼中的惊喜和惊艳。

我就此越发知道，双柏县的人们对于绿孔雀是多么上心。

他们不是每个人都有这种福分，看到一次绿孔雀就如看到一个奇迹。自己自豪，也让别人为之自豪。

我们来到了坐落于山巅的小村。

小村不大，却很整齐干净。问了才知道，这是后来的迁居房，以前村民都是在大山四周散乱地居住，现今集中起来，一是好管理，好照应；二是为了给绿孔雀留下更多的活动空间，免得这里那里地散居而打搅它们。

村主任叫徐靖，显得很干练。他说在山顶，早晚都能听到绿孔雀的叫声。每年清明过后，实际上是小满以后，就听不到了，可能这个时候是绿孔雀的发情期。

我说："孔雀岭这名字好。"村主任告诉我，这里原来叫大岭岗，属于碍嘉镇；由于这一带有了绿孔雀，又在一个制高点上，就改成了孔雀岭。

哦，这里已经属于碍嘉了？那个令我魂牵梦绕的千年古镇！

顺着村中的小路往前走，一个穿着短裤的小女孩骑着童车过来。早春时节，山上还不是太暖和，小女孩说她一点都不冷。小女孩很爱说话，她说自己七岁了，叫宇涵，在镇上上一年级，今天是周末，所以没上学。宇涵所说的镇上，就是碍嘉镇。

宇涵说："你去过我的学校吗？我的学校可好了。"

这么小的孩子，就有了荣誉感。我问她可知道绿孔雀。

她说："当然知道啦，我还听到过绿孔雀叫呢！"

啊，那一定是醒来得很早，因为绿孔雀每天都会早早起来，在林子里玩耍。我又问她：“绿孔雀怎么叫呀？”

小宇涵说：“就像是小妹妹在叫喊。”

我笑了，想象着她的小妹妹的叫喊声，到底是一种什么腔调。

可是宇涵妈妈告诉我，宇涵就是家里最小的孩子，没有再比她小的了。

这个小宇涵，还真会想象和形容。

宇涵说：“妈妈说绿孔雀是人类的好朋友，大家同住在一个山上，绿孔雀来的时候就会向朋友们发出问候。”

宇涵还告诉我，老师说绿孔雀是这个镇子最稀有的鸟儿，让大家好好保护它；学校的宣传栏里有绿孔雀的照片，同学们都知道绿孔雀是他们镇子的光荣。

我说有时间一定到她的学校看看，我已经喜欢上她的学校了。

小宇涵听了，咧开嘴，一脸灿烂。

告别了孔雀岭，我们继续赶路，我们要赶到绿孔雀栖息的中心地带。

四

我们终于赶到了磅嘉镇龙树村。

实际上，我们已经穿过了磅嘉镇，来到了古镇深处。

龙树村紧挨着恐龙河自然保护区。

恐龙河自然保护区是2003年4月建立的，这是州级的保护区，主要保护对象是绿孔雀，还包括黑颈长尾雉、滇南苏铁等濒危野生动植物。

2020年保护区再次拓展，面积由一万公顷扩展到一万七千多公顷。

同时州里成立了自然保护区管护局，加大了对绿孔雀保护的投入力度，不仅有专业人员，还聘请了一百多人为绿孔雀监测员和生态护林员。

我在街头随便问一个当地人，知不知道绿孔雀，他们很随意地就能说出答案。怎么能不知道呢？到处都是绿孔雀的宣传，节日里还有关于绿孔雀的表演。

村里的干部都是绿孔雀保护的专职工作人员。

书记是个年轻的女性，叫王庆英，同其他村干部一样，也是裹着一身迷彩服，穿着绿胶鞋。

庆英告诉我，这样穿方便下乡工作，他们在一线，随时都要到山里去。从她口中我还得知，龙树村村委会管辖着多个散落在山里的小自然村，因为这里是绿孔雀栖息地，保护绿孔雀也是他们的工作重点，譬如加强宣传使人们有爱鸟护鸟的自觉性，培训和引导保护区周边的群众发展绿色农业，减少农药施用量，避免绿孔雀误食中毒的事件。

庆英说：“现在真的好多了，对绿孔雀的保护意识已经深入人心。”

院子里来了几位身穿迷彩服的人，有两位是村干部下乡回来了，还有三位是巡护员或林管员，也就是有“工作”的村民。

村书记庆英热情地为他们泡茶，他们也不客气，有人到屋子里找了谁的一个大水烟筒出来，点上就呼噜呼噜地抽起来。

有一位巡护员叫朱学才，今年已经六十岁了，十分健谈。我问他在护林时可曾见到过绿孔雀，他一听到绿孔雀，眼睛就亮了。

他连声说：“见过，见过呢。”

“都在哪里见过？”

“哦，在发拉地、哀仔口、咯嗦屏扎、大公莫那里都见过。”

朱学才说的地名可能是彝族话，他说得很别扭，有些字词好像是从牙缝里挤出来的。

我又问起绿孔雀的模样，朱学才就找了一根树枝在地上画。他很有天赋，三两下就画出了一个绿孔雀的形态。

“绿孔雀到底有多大？”

“差不多有十斤重。雄孔雀可以长到三米长，光是尾羽的长度就有一米五，张翅飞起来的时候，有五六米长。”

五十多岁的李云才，是附近的麦地村人。他说在龙树山、糯米苦山都见到过绿孔雀。他是恐龙河自然保护区的巡护员，这些地方是他的巡护范围。

我们开始行动，跟随李云才进入恐龙河保护区，去看绿孔雀。

说起来轻松，好像保护区就是公园一般，能由我们随便观赏。实际上完全相反，野生绿孔雀并不亲人，它不是人饲养的，不会听从人的任何指令。它就是它自己，自由自在的自然禽鸟。

山间的小路很窄，李云才骑着摩托车在小路上盘绕，我们的车子跟着他，无数次转弯，无数次攀升与下降。

黄土路上，处处坑洼，留存着雨后的积水。越野车勉强能凑合着往前开，但路上并不顺利，常常有山石紧擦车身，或是木枝敲打玻璃。

李云才的摩托车终于停在一处，下面是很陡的陡坡。他熟练地下车步行，看来他常常停在这里。漫漫长路，陡陡山谷，不知要走多远。

走起来才知道，那根本就不是走，而是与“走”较劲。整个身体要后仰，脚尖抓地，以尽量减轻惯性的俯冲。就这样还是像扑入了迷魂阵，两只脚鼓槌般快速击打着大地，黄土、沙粒、碎石、枯叶、杂草，在双脚的击打中纷纷散落。

我们走到一个没有可抓扶的地方，感觉要“刹不住车”了，一个个跑得越来越快。我实在“赶”不上双腿，只能朝着一棵大树冲去，以猛烈撞击的形式，调整一下可怕的节奏。

山林里密不透风，浑身汗水蒸腾，一个个都惨不忍睹，而护林员还在前面狂奔。

渐渐的，坡度变得迟缓，再往前走，出现了较为平展的山地，山地上的树木也稀疏起来。

这可能就是绿孔雀喜欢的区域了。李云才说过，绿孔雀喜欢在林中空旷的开阔地或河岸边活动，它们不喜欢过于浓密的热带雨林。

看到前面李云才小心翼翼的样子，我们感觉一场好戏即将上演。他不断地摆着手，意思让我们步子再小一些，再小一些，不要弄出大的声音。

在这静谧之中，我能听到灌木交谈的声音，听到喜鹊的歌唱，一些不知名的鸟儿流星一般划过。

神秘的哀牢山依然神秘，山上长满了云南松和麻栗树，一棵长长的藤从一棵树上翻越到另一棵树上。

好像越来越接近目标了。

李云才已经把腰弯下来。转过最后一片小树丛，荒草遮没的视线里，终于出现了一片开阔地。开阔地中有一个水塘，水塘里清水涟涟，其中一些稀疏的长草在轻轻摇动。

水塘边有一片沙池，那必然是人为的，以便绿孔雀洗沙浴。

大家蹲在原地四处望着，竟然，竟然没有绿孔雀的影子。李云才又往前走了，他的脚步依然那么小心翼翼。

现在正是绿孔雀的蜜月期。难道它们在这里喝饱了水，又痛快地洗了沙浴，到前面的林子里幽会去了？

大家继续跟着走，走到一棵树下，李云才站住了，原来这里挂着一个红外线监视器。

李云才打开手机，按了几下，屏幕上立刻出现了绿孔雀的身影，一只，两只，三只，一共四只，很明显，是一只雄孔雀领着三只雌孔雀光顾了这里。它们有的在水塘边喝水，有的在啄食，有的在洗沙浴。

是什么时候拍下的？时间竟然显示是半个小时之前。

五

李云才的神情里饱含苦涩，也饱含着自豪。

他是唯一走遍这片大山的人，他知道哪里该有什么，不该有什么。如果他的视线里出现异常，那一定是夜间不请自来的新物种。

哪怕是一片嫩芽，一块石头，都会把他的目光吸引过去，以判断多种可能性。

护林员的职责，使得他常常有些神经质。

李云才告诉我们，绿孔雀多成群活动，由一只雄孔雀和数只雌孔雀组成小团体，有时也会见到单只或成对地活动。绿孔雀步履轻盈，很善于行走，如果遇到危险便大步急驰，那速度人很难追上。

绿孔雀在早晨和下午活动较多，中午多在树上或林中阴凉处休息，晚上就栖息在树上。

它们十分机警，胆小怕人，活动时不时抬头观望周围动静，隔着很远发现人时就逃跑了。如果你想追过去看看，它们便鼓起羽翅奋力向远处飞，根本别想靠近它们跟前。

清　沈铨　孔雀图轴(局部)

说到巡护，李云才向我们介绍，现在保护区一般是进不来的，都有关口，但是也不敢保证没有外人，要防止有人偷猎偷捕，还要防止火灾。一旦发现了外人，首先要向他们要打火机，杜绝遗留火种，再问他们进来的目的。巡护员最重要的工作是不断地流动行走，时刻关注孔雀的生活环境状况，以便发现问题及时补救。

在恐龙河自然保护区内，我还认识了一位女巡护员。她叫王晓燕，从小就在山林中放牛、放羊，熟悉这里的一切，也看到了越来越多的绿孔雀到这里栖息繁衍。

2018年，自然保护区招聘巡护员，三十五岁的晓燕主动报名，成了一名恐龙河保护区绿孔雀巡护监测员。

开始家人和村里人都觉得晓燕只是一时冲动，坚持不了多久。大家都觉得，山林中有那么多野物，那么多不确定因素，一个女人家家的，能有多么大的胆子？吓也得吓回来。

可晓燕铁了心，非要参与到守护绿孔雀、守护美丽生态的队伍中。

她不是没有遇到过危险，她遇到过蛇，遇到过野猪。“时间长了，也就习惯了，小心点就是。”晓燕随意地说道。

一个女子在这山林里穿来穿去，比之那些男巡护员，更加不容易。而这不容易，晓燕不也坚持下来了吗？并且已经坚持了五个年头。

巡山、记录、监测、护林、宣传、调查，日复一日，年复一年，晓燕体验到了大山中的孤独和艰辛，也体验到了看到绿孔雀的欣慰与快乐。

晓燕除了日常巡视，还有另一项工作，那就是要负责老石羊片区十多台红外监测仪的管理和运维，再加上整个保护区一百余台红外监测仪每月一次的信息收集整理。

晓燕说："一切为了这美丽的精灵，只要能多一只，就是十分让人高兴的事。你想啊，在我们的保护下，绿孔雀在这片土地上长久地定居下来，数量渐渐增多，不就说明这里的老百姓和绿孔雀成为一家了吗？"

在一次巡护时，晓燕捡到了两根孔雀翎，她知道这是绿孔雀在"换装"，代表着它又平安地长大了一岁。她小心又温柔地捡起来，那翎羽仿佛有灵性，仍残留着绿孔雀的体温。

这么多年，晓燕已经对绿孔雀有了感情，绿孔雀是她的朋友，也是她的孩子。每次她外出时，都着急回来，她觉得绿孔雀会想她，实际上是她想绿孔雀。

晓燕告诉我，黄喉貂是孔雀的天敌，那玩意像猫一样，非常机灵，绿孔雀一旦被它盯上，只有就范的份儿。还有老鹰，同样会威胁绿孔雀的生命。刚刚成长的小孔雀，往往会受到突然降临的伤害。

有时候在林子里遇到小孔雀，她知道孔雀妈妈就在不远处，于是远远地跟着、看着，孔雀妈妈似也发现了她，却不紧不慢地等着小孔雀，而后带着它一起向河边走去。那个时候，晓燕的心里会有一种甜蜜感，她想到了自己的女儿。

2022 年 2 月，双柏县第十八届人代会召开了。会议期间，县里的领导和专家专门与碍嘉镇代表团展开讨论，讨论的主要话题就是自然保护区和绿孔雀的情况。

晓燕作为一名县人大代表，对绿孔雀如数家珍，所有信息全都在她心里装着。

在场的人都开心地笑了。这些年来，双柏县对于绿孔雀的投资和关注终于有了成果，他们怎么能不笑呢？

六

早晨的林子沾了太多的露水，阳光在一点点擦拭。

每只绿孔雀都是一首诗，一首纯粹如翡翠般的诗。

这诗世间罕见，它独特、新奇、超前，代表着这个时代最奇妙的景观。

没有多少人见过野生绿孔雀，它们实在是少得可怜，少得在每万平方米，甚至每百万、每千万平方米的范围内都难得一见。

你看，它轻轻地提着自己的裙裾，小心地走过松软的土地，扎着头花的头扭来扭去。那弹跳的频率，绝对不会是以秒为单位的。

那是绿孔雀里最可爱的少男少女。它们打闹，无缘无故地打闹；追逐，你来我往地追逐，尽情地发挥和表现。血液在体内快速地流淌，它们的心跳加速，脸色变红，羽翎发亮。年轻的绿孔雀正享受着恣意的青春。

绿孔雀好像从来没有经历过死亡。它们长久地活在这个世上，只把生的姿态展示给人类。

我问了很多当地人，他们都说没有见到过绿孔雀的尸体。它们珍爱自己的身体，也珍爱自己的灵魂。也许在生命的最后时光，它们会找一个谁也找不到的地方，把自己安葬。

野生绿孔雀有各种各样的玩伴，它们和红原鸡、猕猴、赤麂、白鹇、豹猫、箐鸡和野猪都能和平相处。

绿孔雀和大多数禽类一样，喜欢吃蘑菇、草籽和幼树的枝叶、芽苞，也吃蟋蟀、蛾子、白蚁、蚯蚓和蜥蜴。

绿孔雀是跳高健将。我曾看到这样一个视频：一只绿孔雀突然起跳，捉住了一只草蜢。从地上腾起的一瞬，它身上的青苔和草丝纷纷落下。

双柏的大山中，每年3月是绿孔雀的恋爱阶段，这个阶段很短，一年只有一次。每到这个时候，雄孔雀都跃跃欲试。它们整装上阵，一席长长的尾翼十分拉风，如果扬起来，就是世上绝美的扇屏。找到心仪公主的孔雀王子，翎尾光焰无比，翠绿带着金黄与绚红，一排的眼状斑纹同时闪动。这是雄孔雀的至爱大礼，是任何飞禽都不具备的爱情宣言。虽然求爱的过程费了不少努力，但最终抱得了美人归。

接下来就是雌孔雀的事情了。4月，新婚不久的雌孔雀进入孵化期。一个月以后，刚出生的小孔雀开始摇摇晃晃地跟着妈妈认识世界。

这个时候的小孔雀更容易遭受天敌的侵袭，对此孔雀妈妈担惊受怕，精心陪伴。但还是会发生各种情况，妈妈身边最后能剩下一两只已属不易。

事实上，绿孔雀无论是产蛋量和孵化率，都弱于蓝孔雀。也就是说，绿孔雀的出生率和存活率非常低，因此更弥足珍贵。

大部队要回转了。我想我还会再来的，来看绿孔雀，看更多的绿孔雀，看绿孔雀与人和谐相处，共守一个家园。

绿孔雀是一阕飘荡婉转的花间词，在世界的寂静处低吟浅唱。事实上，哀牢山人一直都想打造一个自由天堂，以让可爱的绿孔雀，永远在这里繁衍生息，快乐成长。

2022 年 6 月，双柏县聘请以孔雀舞蜚声内外的舞蹈家杨丽萍作为绿孔雀的宣传和形象大使。

2022 年 10 月，云南省首个绿孔雀家园法律保护巡回审判点，在双柏县恐龙河自然保护区挂牌成立。

此外，楚雄还与中国科学院昆明动物研究所、西南林业大学、云南大学及云南省林业和草原科研院等单位合作，建立了一系列绿孔雀科研基地、野外观测站和教育实习基地。

彩云之南，楚雄双柏，正吸引越来越多的绿孔雀来做客，愿哀牢山成为它们永久的栖息地。

临走前，我们又看到了彝族人的欢乐场面。这是一个尚火的民族，他们的祖先在这里刀耕火种，孕育出长久的幸福与和谐。他们总是很满足，所以他们常乐。他们视绿孔雀为神鸟，节日里将羽翎插在头上，在篝火旁舞动。他们互相敬酒，高声喊着“至拜多”，然后大笑干杯。

缥缈的云在一丛丛的林木间缠绕，在红火焰的上空缭绕。我总觉得有一种气息，在高远的天空流淌。

哀牢山，太阳出没的地方，绿孔雀出没的地方。

七月的结古草原

一

七月的结古草原，正是百花摇曳、芳草蓬茸的时候。五彩缤纷的帐篷、康巴藏族的民族服饰，加上风情万种的歌舞，为这场赛马会增添了无限色彩。

赛马作为藏族传统娱乐活动，可以追溯到吐蕃时期。有些古老的壁画上，就雕刻着骏马争驰的场景。

每次赛马会上，还会有赛牦牛、摔跤、马术、射箭、射击等表演，从而构成了方圆数百里的节日庆典。青海、云南、四川的藏族人民也要赶来加入其中。

这天晨起，人们早早走出暖和的帐篷和藏包，来到山溪边梳洗打理，埋锅造饭。然后，将自己箱底的行头穿戴上，或相约着或独自走向那个期盼已久的场地。

离得远的，夜半就开始翻山越岭，披一身寒露，从山道上逶迤而来。他们迫切地想看看那些个人儿，那些个男人和女人，看看他们的服装和佩饰，看看他们的身姿与形态，还要看看那舞蹈场面，那是海一样的场面。

高原上生活的人很少见过海，但他们脑海里知道海是多么的大，所以他们把大的草场称为海，把大的湖也叫作海。现在他们要看人的海。

二

当然，大家最想看的，还是赛马了。那是草原的自豪，是马的自豪，也是人的自豪。

他们要看看赛场上的马与自己的马有什么不同；看看那个马上的人儿，是何样的彪悍，何样的勇敢，何样地彰显着草原男人的魅力。不光女子们要看，男人们也要看。马背上的雄姿，是自己的偶像，是雪山的影像，是草原的形象。

早来的自然会占据好的位置，所以你看到早来的还真不少，其中不乏老人和孩童。没有人吵闹，没有

近现代　马晋　双骏图(局部)

谁拥挤，一切都是随性随心。草原上人们聚在一起不容易，他们平时说话都很少，安静是他们的习惯。只有在某个时候，他们才会大声地吼一吼，唱一唱。

在这里，我感受到了原生的秩序。等演出开始，比赛开始，我又看见了热情，那是理解，是配合，是融入。

草原人啊，太可爱，太朴实。

赛马会以煨桑揭开帷幕。这种燃柏煨桑的敬神祭祀形式是藏族古老的习俗。过去每当应敌出征，藏族人民都要以煨桑的形式祭祀神山及战神，祈求保佑。煨桑的汉子背负杈子枪，腰挎长刀，做着各种粗犷的动作，给赛马会增添了几分庄重与神圣。

三

歌舞开始了，来自各个草原、各个地区的队伍纷纷入场，以极大的热情和欢快绽放着他们的舞姿。

他们穿着不同的服装，能够感觉出这是他们最好的装扮。尤其是那些少女，穿的服装有些带有了表演的性质，更具有观赏性，或许也是她们所喜欢并接受的。

早晨的光线打在她们身上，透视出好看的线条，那是红的、黄的、白的和蓝的线条，分外惹眼。

现在许多的藏族孩子，在穿戴上更喜欢随意，而不再只是骑马放羊的装束。只有高原深处的人们还一直保持着传统的穿戴习惯，这或许是应当提倡的。保持本民族的东西，更加彰显出中华民族的色彩，也更具有感染力。

高潮项目赛马开始了。先是一列列马队的壮歌，像古代出征的猛士，旌旗猎猎，战马飞腾。然后是单个的骑手，比赛镖羊、捡哈达，表演侧骑、翻骑、倒立。总之，他们是在马上玩耍，在马上斗勇。

那马远远地跃动而来，你就感觉是冲你而来，尚来不及考虑怎么躲闪，那马早带着一阵尘烟跑去。一切全在那骑手的执掌之中。

宏阔的结古草原上，锣鼓阵阵，铁骑踏踏，笑声起伏，欢声激荡。勇士们一下场，立时有男男女女簇拥上去。好个激动人心的场面。

辽远苍茫的渤海湾

一

月亮升起来的时候，就有小风吹过了。细长的芦苇顶着毛刷子，一闪一闪，把夜擦得清亮。

爷爷和父亲他们，就兴冲冲地向那片月色苍茫的地方去。

月光下汪汪的一片水，隐隐约约泛着星光。

父亲说那水一直通到远处的大海，因而这水里生长着肥肥的鱼虾和螃蟹。

爷爷他们早早看准地方，把芦草编的长帘子横插进水里，一圈一圈围成迷魂阵，让鱼虾顺着口子游进去，再也出不来。爷爷管这叫下箔。

然后爷爷就穿了防水的皮衣裤，只拿一个小网，就稳稳地把圈在里边的肥物捞上来。

父亲说，这样逮的鱼很少有鲇鱼，因为鲇鱼认路。月上枝头，水中一片明亮，鲇鱼就认出来路，转着圈地溜出来。遇见正往里钻的鱼，它也许还幸灾乐祸呢。鲇鱼不好逮，却好吃，水边的人都极喜鲇鱼。

二

那时，天津的人总是远远地来收鱼。

这里的人去不了天津那么远，不知道行情。

有的人带点针头线脑、锅碗瓢勺的，就换了好大一堆鱼虾去。原本这可得个大价钱呢。

倒也不是这里的人傻，他们守着水，水里有的是鱼，他们不在乎。

他们跟爷爷熟，爷爷是这一带有名的下箔能手。

他会看水流，眯着眼一看就能看出哪些地方是鱼群的必经之地，哪些地方是鱼群的退避之所。同样在水里下箔，下得好的比下得差的能差出上千斤鱼呢。

父亲就记得，有一次爷爷下的鱼箔围住的鱼，直在岸上围了四个高高的苇囤还冒尖地流，足有上千斤。

父亲跟我说，遇着忙的时候，他也跟了去，帮爷爷他们撑船、捡鱼，或在岸上看堆。

那晚父亲驾着船随爷爷在鱼箔外边走，爷爷他们把捞起的鱼扔进舱里，父亲就忙着捡杂草。这时有一条滑腻腻的东西被父亲抓在了手中，待那尖尖的绿脑袋在月光下伸出长长的舌头，父亲方明白是一条水蛇，赶忙甩得远远的，一阵惊悸。

那情景是多么的刺激好玩啊。

想那辽远苍茫的渤海湾，月光勾勒出爷爷他们孤寂而勤劬的身影，是那样地富有画意诗情。

三

父亲告诉我，更好玩的是逮螃蟹。

那螃蟹钻进鱼箔里去，转悠半天也找不着路径，就翻围城一样一层层往外翻。

那蟹们喜光，月亮升起来的时候，它们就仿如士兵攻城，好大一群在月光下刷刷拉拉爬上来，在鱼箔顶沿吐着白沫子，不知是欢呼还是示威。逮它们也就在这个时候。

清　张椠　双蟹图扇页

爷爷他们戴了帆布手套，身后背一个大肚小口的篓子，悄悄站在鱼箔边，单等它们爬上来。然后他们就眼疾手快，一个个摘果子一样摘进篓里。

那一个个大夹子毛螃蟹，一斤才称两三个，让人想起了从锅里捞出时红红的又肥又鲜的情景，美气极了。

父亲跟我说，在岸上也能逮着螃蟹，那需是没有月亮的晚上才好。在岸上放一只亮亮的马灯，戴了厚厚的手套在马灯前等它们。

那螃蟹见着亮儿眼就花了。它们像先聚在暗处商量一番似的，一个个窸窸窣窣爬上来，偷袭碉堡一般，直往马灯跟前凑。这时你只需动作快些便是了。

等那横行者终于明白过来是怎么回事，早进了布口袋……

可惜许多许多年过去了，那还是父亲童年的事。

等我回乡时，虽还见水中有鱼箔扎着，却失去了那丰收的场景，那片水天苍茫的芦草，早已缩小了范围。

是村落壮大了，人口发展了，还是鱼虾退却到了远海？

天　鹅

一

哪里有水，哪里就会创造生命的奇迹。一切都按照自然的规律行事。

节日里，它们会接收到来自爱情的信息，造就出中国最富有生机的生存方式。

天鹅，对环境的要求非常高，面对广袤的大地，它的选择是多项的，又是极为苛刻的。只有适合它生存的环境，它才愿意栖息。

天鹅还需要跑道吗？你看，它们正在利用一百米左右的跑道，做飞行前的起飞试验。

小小的天鹅，一步一步地跑向跑道的尽头，最后腾空而起，直接飞向九千米的高空。

二

它们一般要进行上千公里的旅行，才能到达这里。

除了人类，没有谁能像鸟一样，能走那么远的路。

三门峡的天鹅湖，春天的大戏，即将拉开帷幕。

在远处，十万只天鹅正在关注气候的变化。随后，它们追逐着白云和蓝天，开始了一种向往的飞翔。

没有人能够想到，多少年前黄河湿地的这一片水域，会在日后成为天鹅关注的神域。

嗯，等不得啦，它们甚至有些迫不及待。

有些翅膀还不太坚硬，有些还带着一路的创伤。

这是一种良性循环。

人们的眼神变得清澈起来，就像人们的心灵。多少年前举枪而射的现象，再也不会出现。

并不是每只天鹅都足够强壮，但是它们有一种群体的力量，在互相激励。

三

我能想到，今年来的天鹅，绝非全部都是去年来过的，有些，是沿着父辈的脚印走过来的。

那么，你可以见到在湖中那些恋爱的年轻的天鹅，它们又将孕育幼子，幼子们又将循着父母的足迹，重新来到这一片美丽的地方。

爱情的力量，是伟大的。环境的力量，同样伟大。

你看它们在追逐，在双双游玩、戏耍。

让你想到，它们的来，不只是因为想转换一下生活的气候条件。

不，还有爱情的原因和信仰的力量。

田野·蚂蚱

一

儿时，跟了二叔上地里去，只图坐那小独轮车。

地离庄子很远，顺着那条窄窄的土路，似乎永远也走不到头。好在坐了二叔的独轮子，并不在意。

终于到了地里的时候，太阳已经好高好高了。我才明白为什么二叔提了那装饭的盒子，男人们下地，中午是不回去的。

那地很宽广，但很多地方都飘着斜斜的荒草，真正属于田地的只有那么一小片。二叔指给我在那一小片中属于我们的一块，看了让人失望。

然后二叔就拿着锨过去了。

平头的铁锨插进地里，别两下就是好大的一块方土，弯腰铲起来，一下子就翻扣在脚下。

每挖一锨，二叔就要往手心里吐口唾沫，就这样不间断地重复着一个动作。一会儿的工夫，二叔前边的土地就成了鱼鳞样的一大片。

阳光洒上去，一闪一亮的。

二叔默默地干着活，吐唾沫的声音渐渐远去，那太阳就越升越高了。

二

我坐在地头上，看着二叔的身影，在那旷大的田野里孤孤单单。

想不通二叔每天下地，一个人如何度过这寂寞的时光。

四周并无多少人影，其他人家的地也是这样，寥落地散布在旷野的一角吗？天上倒是有飞鸟盘旋，那种悠闲自得的样子，让人觉得有什么阴谋在空中。时而嘎嘎的叫声，凄凄凉凉透过脊背，回头望去，早已不见了踪影。

渴了的时候，二叔就走过来，咕咚咕咚喝几口壶里的冷水，说声“玩吧，别跑远了”，就又过去

近现代　齐白石　蚂蚱

翻地。

那鳞片又多了几层，这半天了，应该更多些才是，看来那地并不好翻。

终于有只蚂蚱，很大胆地过来，让我一时不知如何对付它，就扔了土块，再扔了土块。

它不慌不忙地引逗着我，一直引到一条小水沟的边上，才无声地飞远了。

小水沟里的水很浅，没有鱼虾，甚至没有青蛙，很让人失望。

更让人失望的是过不到水沟的那边，那蚂蚱就趴在那儿，已经不止一只了。

我认真地发现了好几只，土一般的颜色，像要打谁的埋伏。

悄悄捡了一堆土块，猛一下子撒去，不知道可曾打着一只。

二叔在那边喊了，声音空寥地传过来又跑过去，是开饭了。

无非些硬硬的干粮。

太阳在西边斜斜地挂着，只留下我和二叔的咀嚼声。

我想起家里热热的饭菜、热闹的一桌子人声，不知道他们想没想起我们。

二叔又向那片鱼鳞走去。

二叔黑黑瘦瘦的身影越发小了。二叔说太阳到了那根芦草上就回家。那根芦草就在那水沟旁，芦草的白火炬一耀一耀的，很有些辉煌的光亮在风里。

又有一只蚂蚱落在我的眼前，可再也无兴致抓一块土砸去。

还有那些鸟，一只一只不知飞向了哪里。

所有的声音就只有二叔的吐唾沫声了。

那根芦草的白火炬不再光亮，倒是太阳慢慢燃着。

三

我喊了二叔，二叔答应了，最后的几口唾沫，那般响亮。

二叔终于把东西放上了独轮车，还有头一天打好的草。

我又坐了上去，吱悠悠的响声很好听地碾过了田中的小路。

“明天还来吗？”二叔笑着问我。我竟找不出回答的勇气。

明天还来吗？回头望去，一片寂寞空阔的荒草地。中间一小块地方，翻起一条莽莽鳞带。这便是二叔一天的收获。

我知道，即使我不来，二叔也还会来的，要不那块地就会被荒草淹没。

二叔家没有男孩子，我只是探家小住几天，没有人能帮助二叔，所以二叔就一定得来。

独独一个人走半天的路，干半天的活。独独的一把铁锨，一个太阳，一根芦草。

道不准那根芦草被风推折，那太阳隐没在云层中，二叔就只有一把铁锨为伴了。

独轮车依然吱悠悠地响着，我觉得并无来时的乐趣。

叫了一声二叔，翻下身来，拉开盘在车前的绳子。二叔说："坐上吧，用不着。""我不！"我拉着那绳子跑在前边，又看见了蚂蚱。

路上的蚂蚱蹦蹦跳跳，有些从田野里蹦上来，有些又蹦到田野里去，如此不厌其烦。

天渐渐黑了。

雪豹记事

一

01

那就是它吗？那只被人们亲切地叫作凌夏的小雪豹。

它此时懒洋洋地卧在一棵枯树干上，眼睛望着一波波来看它的观众，身子一动不动。

阳光打在身上，暖洋洋的，它或许正在享受着那种温暖，也享受着人们关爱的目光。

它来到这里已经三个月了，吃得饱，喝得足，再也不愁什么。说起来，它还未成年，是个雪豹幼崽，但是不知道怎么弄丢了妈妈，妈妈也找不到它。

它跑了出去，跑了很远，跑出了妈妈的视线，一直跑到一场大雨中，跑到了饥饿与寒冷中。

02

这个地方，属于海南藏族自治州共和县的石乃亥乡。海南藏族自治州共和县在青藏高原的东部，北靠青海湖，南临母亲河。

近期持续降雨，又冷又饿的凌夏在夜晚跑到了牧民家中，钻进了牦牛群里。牦牛太大，那些尖利的牛角，会让它身体开花。原本它不该有任何奇想，但它实在是饿极了，已经无法保持理智。

蹑手蹑脚的它，发现了一只躲在角落里睡觉的小牛犊。

尽管是小雪豹，也是自带野性的。它勇猛地扑了上去，向小牛犊发起了突袭，最终咬死了小牛犊。

可能是它太小，也可能是连续几天没有进食，使得它无论如何都无法咬破牛犊的皮，吃到那味道鲜美的肉。

小雪豹已是筋疲力尽，又不愿离开，就歇一会儿再咬。一次次努力，一次次失败。

黎明时分，牧民发现心爱的牛犊死了，而那个罪魁祸首还在那里晃悠着。

牧民知道雪豹是国家一级保护野生动物，不敢伤害它，只是挥舞着羊鞭狂吼，想把它赶跑。

小雪豹太虚弱了。它长期吃不到食物，又被雨淋浇，实在跑不动，就躲到了一辆车的底下。

牧民还是害怕雪豹的，他们一般不敢招惹这种凶猛的动物，于是打电话报警。

共和县森林公安接警后立刻出发，经过紧急而艰难地跋涉赶到了这里。

森林公安从报警电话中只听说牧民家里闯进了一只雪豹，现在看，这只雪豹个头很小，并不似那么凶猛，而且十分弱小，状况也不好。它如果得不到及时救助，很可能会有生命危险。

如何救助呢？只有找青海省野生动物救护繁育中心了。

03

青海省野生动物救护繁育中心与西宁野生动物园同属一个单位，有了这样一个单位，整个青海省救助的野生动物，就有了归属。

救护人员赶到现场后，发现雪豹没有离开牧场，就放下心来，并对长时间守护在这里的森林公安表示谢意。

救护人员观察已经蜷缩成一团的雪豹，认定它因饥饿时间过长，加上淋雨，导致力气全无。如不及时救护，它将面临生命危险。然而，当地没有救护雪豹的条件，应该尽快将它拉回西宁。

他们迅速对雪豹进行了麻醉，接着马不停蹄，快速转回西宁。

04

在青海省野生动物救护繁育中心，救护人员给雪豹做了详细检查。

根据体检报告判断，这是一只雌性小雪豹。结合有关资料，其准确年龄应该只有 1 岁。

X 光显示，它的后肢胫骨粗隆骨骺未闭合，前肢骨骺未完全闭合。另外，它疑似患有先天性心脏病，剧烈运动会导致供氧不足。

雪豹通常在 2 岁左右开始独立生活，1 岁正是跟着妈妈学习野外生存技能的时期，不知它是如何离开妈妈身边的。

没有了妈妈的教导，它就没有机会学习和掌握捕食技能。雪豹的主要食物来源是岩羊、盘羊、北山羊、白唇鹿、藏原羚、马麝、高原兔等中小型动物。饥饿时，它本来应该设法捕食岩羊和兔子之类，却剑走偏锋，咬死皮质坚硬的牛犊。这说明它尚缺乏野外生存技能。

救护人员想到2017年曾经救护过一只野生雪豹，因发育不良、捕食能力差，又长期处于饥饿之中，最终瘫痪。

大家一致认为，这只雪豹没有能力独自在野外生存下去，最好让它在西宁野生动物园里待上一段时间。

救护人员给这只小雪豹起了一个名字：凌夏。

05

1岁的小凌夏在一个宽敞的场院里自由自在。

它或是在池边喝水，或是跳上大石头晒太阳，或是俯卧在大树段上睡懒觉。无论是对救护人员还是游

明　张宏　雪景图

客，它都不再表现出恐惧或防备。

有可爱的孩子在玻璃窗前逗它玩，它也会睁着或眯着眼睛看，露出友好的表情。

野生动物园的工作人员精心地照顾凌夏，不仅给它安排了专业的饲养员，还在豹馆外特别挂上告示牌，叮嘱游客不要惊吓它，让它安安静静地长大。

有画家来了，支起画架，对着它作画。它有时配合着，伸一个好看的懒腰，来一个妩媚的回首，有时就呼呼地长睡不醒。

但不管怎样，画家还是完成了他的杰作——一幅漂亮的雪豹图。那是它各种姿态的展现，仿佛是一群雪豹在高山雪原间穿梭，尽显灵动之姿。

小凌夏给人们带来了无尽的乐趣。自从它来到野生动物园，前来跟它见面的人越来越多了。

人们喜爱它、关心它，希望它能在这个没有危险、没有伤害的环境中，愉快地生活。

二

01

西宁野生动物园地势起伏大，山梁、沟壑、丘陵、平地都有，馆舍设置因地制宜，动物展区大，活动空间大。

对于野生动物，西宁野生动物园充分尊重其野性，从不进行驯化表演。

野生动物园最大的看点，就是青藏高原上的稀有动物，而游客最集中的区域，就是雪豹馆了。

雪豹是大型肉食类猫科动物，体型略小于普通的豹类，但它善于隐于风雪，行动迅疾而勇猛，有“雪山之王”的美誉。

雪豹有着一身灰白色的“大花毛衣”，花纹为黑色，多呈点状和环状。这对于它来说是一个很好的保护，使它俯卧在雪原里，也不易被其他动物发现。

雪豹还长着一根长而粗大的尾巴，长度达到了其头身长度的四分之三，这样它在高山间奔跑起来，就极易保持平衡。当然，它那美丽的大尾巴，也成了区分它和豹属动物的显著特征。

02

雪豹是我国一级保护动物，在我国境内主要分布在青藏高原。雪豹是典型的高原岩栖动物，它们偏好避开茂密的森林，选择悬崖峭壁或山脊线作为休息与隐蔽场所。

随着季节的更迭，雪豹的活动范围也会相应调整，如夏季喜欢在海拔 5000 米左右的高山草甸活动，冬季则下到海拔 3500 米左右的地带。

雪豹通常在清晨和黄昏进行捕猎，动作敏捷，善于跳跃奔跑。在食物匮乏时，雪豹也会捕食家畜和家禽，但从不主动攻击人类。

03

雪豹是独居动物，它们通常会通过体味标记自己的领地。

雪豹和豹子的活动范围在某些区域相交，但它们会活动在各自的核心栖息地规避竞争。雪豹喜欢高海拔的裸岩山地和灌木丛。豹子则偏好森林比例高、温暖、降水量大、平均海拔比较低的地带。

通常情况下，两种豹井水不犯河水。

三

01

平原地带，一进入三月，就进入了春暖花开的时节，而青藏高原的三月，还是很冷的。这日，一只雪豹闯入了门源回族自治县西滩乡小学附近的农户家中。

这位不速之客进入的行为有些莽撞，它是撞碎人家的玻璃进来的，撞得自己头破血流，是否撞成了脑震荡也未可知。

这只雪豹行动有些迟缓，且趴卧在墙角好久不动。人们逗它，它也反应迟钝。

它究竟遇到了什么情况？

农户赶忙告知周围村民，又报告给了村里的负责人。

有人拿出手机，把这只雪豹拍摄下来，发到了朋友圈；接着有人转发，一时引来全网关注。

02

当天，青海省野生动物救护繁育中心就接到了救护请求。

他们迅速派人赶往门源回族自治县。现场有不少人在围观，他们对这只雪豹都很关心，又束手无策。看到救护人员来了，大家都松了一口气，赶紧让开，让救护人员进来。

救护人员问了情况，便开始观察起这只雪豹。

雪豹额头有明显伤痕，反应迟钝，可能因撞击导致了脑震荡。

为及时知晓雪豹的健康状况，救护人员对其实施了麻醉。众人赶紧把它抬到救护车上，车子启动，飞快地往救护中心开去。

救护中心提前联系好了医院，一到西宁就直接将它送去做了一系列详细检查。

经检查确定，这只雪豹为雄性，年龄在 3 岁左右。正常野生雪豹，寿命为 8 到 12 岁，可以说这只雪豹正当年。它体型正常，体重 44 公斤。成年雄性雪豹一般为 35 到 50 公斤，它也在正常范围内。四肢和肋骨均未见骨折。口、鼻、眼、耳及肛门，均无异常。

只是血检报告显示，它的血钙浓度低于 1 毫摩尔每升，青藏高原雪豹的血钙浓度参考值为 1. 62 到 2.22 毫摩尔每升，它疑似患低血钙症。

按照青海省野生动物救护繁育中心的惯例，大家给这只雪豹命名为“凌蛰”。

03

当天晚上，凌蛰表现出不安、跳跃和吼叫，救护人员认为这是野生动物正常的应激行为。当然，凌蛰的情况仍然不容忽视。

救护人员给予了凌蛰无微不至的关怀和照顾。他们给它喂好吃的，必要时还给它输了营养液。

凌蛰的情况虽然在好转，但救护人员还是很慎重。

青海省野生动物救护繁育中心向中国农业大学动物医学院发出了协同救治的邀请。金艺鹏教授带队，赶赴现场做救助技术指导。

最终，救护中心兽医会同金艺鹏教授团队对凌蛰的情况做出初步判断：除低血钙症以外，凌蛰无其他明显症状。

低血钙症可以通过补充液体钙治疗。对凌蛰进行补钙之后，大家初步确认，凌蛰符合放归条件。

野生动物救护中心的原则，就是对于雪豹这样的野生动物，只要没有大的问题，就要尽可能地放归到大自然中去。除非那些受伤后残疾、没有野外生存能力的动物，才会被留在救护中心。

随即，救护中心成立雪豹放归组，充分研究了雪豹放归的时间、地点和方式，多次讨论放归方案的可行性和科学性。

04

经过放归组分析和研判，最终确定祁连山国家公园青海片区门源回族自治县境内为适宜的放归点。

门源回族自治县本来就是凌蛰的发现地，那一带有典型的高山草甸地形，距离救护点的直线距离为12公里。

选定的地点向阳、坡度较缓、植被状况相对茂密，附近也有充足的水源，是雪豹的典型栖息地。

放归组还专门进行了前期调查，确定放归点附近分布有数量可观的岩羊种群。因为岩羊是雪豹最主要的食物来源。食物资源的丰富，有利于放归后凌蛰对野外环境的适应和生存。

05

为了观察雪豹放归后的情况，更是出于对凌蛰的保护，救护人员精心地为它佩戴了卫星跟踪项圈。

凌蛰戴上项圈还有些不适应，但很快就不在意了。因为它感到了一种友好，这友好为它打开了一扇门。门外，是辽阔无边的原野和连绵起伏的祁连山。

它慢慢地起身，向笼口走去，向大自然走去，姿态优雅，步伐稳健。

它走出不远，还回头看了看救护人员，似乎有些不舍。

是啊，这是些多么好的人呢，从来没有对它表现出一丝的恶意。凌蛰是有灵性的，它知道这是让它回家，回到大自然中去充分放飞自己，将一只雪豹的生命展现出无尽的光彩。

凌蛰撒开腿飞跑起来，它在向救护人员展示自己的能力，表明自己很快就会适应一切，让救护人员放心。

凌蛰跑向了远处的高山，不一会儿，消失在人们的视野中。

雪豹凌蛰成功放归了。

06

救护人员没有忘记自己的职责，他们还在紧密地观察着凌蛰的行踪。

截至 2021 年 8 月 25 日，凌蛰颈圈跟踪器已回传卫星点位数据 2943 条，其中 75% 的数据为误差范围 10 米内的高精度定位数据。

半年来，凌蛰活动的总里程达到了 790 公里，活动面积约 1700 平方公里。每日晨昏是其活动的高峰期。

这是我国首例雪豹救护放归与科研监测相结合的案例，实现了动物科学与生态保护学的紧密结合。同时，这也是青海省第一个为雪豹佩戴卫星项圈的项目，为我国雪豹个体行为学等研究提供了丰富的资料。

数据显示，凌蛰愉快地享受着自己的世界。它先后出现在青海省海东市互助土族自治县、海东市乐都区碾伯镇等地，最近的活动区域距青海省海东市 15 公里，距青海省会西宁市 30 公里。

2022 年 5 月 16 日，凌蛰跨过 341 国道，到达了甘肃省兰州市永登县辖区。这是目前在祁连山地区记录到雪豹活动的最东部，离兰州市区直线距离有 75 公里。

放归组观察到，凌蛰在放归点附近跑来跑去，可能还是熟悉和喜欢自己最初待的地方，于是它在 2022 年 7 月 5 日再次回到了放归点，也就是祁连山国家公园青海片区门源回族自治县境内。

此后，凌蛰一直在门源回族自治县仙米乡、互助土族自治县巴扎乡交界处一带有规律地活动。只是，尚未发现它找到自己的朋友或伴侣，它始终是单枪匹马地出没于祁连山周围。

是啊，友好的人们多么希望它能有一个更好的生活。

我们祝福着凌蛰。

四

01

2017年10月16日，青海省玉树藏族自治州囊谦县着晓乡尖作村牧民发现一只雪豹。它双腿受伤，无法行动。

好心的牧民将雪豹送往当地的寺庙，并将情况上报囊谦县林业局和县森林公安局。

囊谦县政府联系当地的非政府组织，一同对雪豹进行救治。

经过观察发现，这只雪豹双后腿及髋部右侧有明显摩擦损伤，双后肢无法站立，救护人员触碰它的后腰及后肢几乎无反应。

从16日到27日，他们每天都精心地给雪豹喂食牛肉和清水。可能因为下半身失去知觉，雪豹无法自主排便，囊谦县森林公安便辅助它排便。

之后雪豹的情况仍然不见好转，囊谦县政府经过研究，认为当地不具备进一步救治的条件，便上报了玉树藏族自治州人民政府。

02

州政府有关方面接到报告，及时请示了青海省林业厅以及青海省野生动植物和自然保护区管理局，双方达成一致，要求将雪豹送到青海省野生动物救护繁育中心。于是，囊谦县森林公安于10月28日早上8时出发，将雪豹运往救护中心。

从囊谦县到西宁比较远，中间要穿过可可西里。森林公安一路艰辛，直到晚上6点才到目的地。

这个时候，为了等候受伤的雪豹，青海省野生动物救护繁育中心的工作人员还守在单位。晚上8点，由西宁野生动物园的兽医和北京两位专家组成的专家组，对受伤雪豹进行了会诊。

会诊后得出初步结论，这只雪豹为雌性。根据牙齿颜色、尖锐程度和毛发判断，它的年龄为2.5岁。成年雌性雪豹的体重一般在30到45公斤，而它仅有18公斤，明显较同龄雪豹瘦小。

按照惯例，救护人员为这只雪豹起名“凌霜”。

03

专家组对凌霜的病情进行推测，认为它神经受损的概率较大，建议尽快给雪豹进行脊椎核磁共振检查。

为配合检查，当晚救护人员没有给凌霜喂食，只提供了补液盐和葡萄糖，并将它留在车后备箱过夜，以避免搬运中造成不必要的伤害。

青海省野生动物救护繁育中心与囊谦县森林公安局签署《青海省野生动物救护单》，正式接过了救护凌霜的接力棒。

04

经过对凌霜的全面检查，救护人员发现它的颈椎、胸椎、腰椎、尾椎等处都没有损伤或者增生，基本排除了神经外伤致瘫的可能；但在凌霜的腹腔内发现积水，因此不排除神经炎症或者神经源性休克致瘫的可能。

化验结果显示，凌霜的血钙水平明显偏低，同时白细胞数偏高。这可能是因为它幼年时期发育不良，独立生存和捕食能力差，捕猎受伤后又长期未进食，缺乏营养，导致了低血钙和神经炎症。这些都有可能导致雪豹瘫痪。

西宁野生动物园兽医团队还是很有经验的，他们组织人员专心护理，制订了后续 3 天的治疗方案：止痛、消炎、补钙、利尿并营养神经。

救护人员及饲养人员判断，凌霜无法正常排便，与它瘫痪后缺乏运动导致肠蠕动减弱和之前的饲喂方式有关。据此，在麻醉药效消失后，救护人员给它提供了一只新鲜的兔子。凌霜自主采食，几乎吃掉了整只兔子，包括内脏和骨骼。

由于兔子内脏对肠道有润滑作用，兔子的碎骨对肠道也有刺激，第二天凌晨，凌霜完成了十几天来的首次自主排便。

05

仅仅 3 天后，凌霜的后半身就有了知觉。5 天后，它已经能够在饲养员的辅助下锻炼行走。12 天后，奇迹发生，凌霜恢复了独立行走的能力。

又经过 4 个月的恢复治疗，凌霜的状态逐渐恢复，体重到了 29.5 公斤。

为了训练凌霜的野外生存能力，让它早日回归大自然，救护人员对凌霜进行了野外放归测试。

经过严格测试，救护人员判定，凌霜不具备野外生存的能力，如果盲目放归，可能会导致悲剧发生。凌霜便留在了西宁野生动物园。

五

01

大虎被迁至雪豹繁育基地的时候，是 2012 年，那时它 6 岁。

之所以叫它“大虎”，是因为它着实长得膘肥体壮，是当时西宁野生动物园体型最大的一只雪豹。

它的体长呢，超过了 110 厘米，体重达到了 55 公斤。即便如此，大虎也不注意减肥锻炼，该吃吃，该睡睡，而且还不怎么挑食，

清　华喦　天山积雪

胃口好得很，给什么都会吃光喝净。这让饲养员很满意，总是为它竖大拇指。

吃饱喝足了，大虎就趴在活动场中间的木桥或墙壁的跳板上养神，那神态既平静又严肃。

02

大虎看着神威勇猛，其实很少发威使坏，也不挑衅和攻击其他雪豹，对游人也没有过激行为，所以颇讨人喜欢。

但是有一点，人们感觉这大虎样样都好，就是有点儿不近“女色”，从来没有发现它对雌性雪豹有过什么念头。

每年春季，万物复苏，正是雪豹发情的时间。但是大虎还是平静如常，平静地吃，平静地玩，平静地睡觉。

其他雄性雪豹都忙着找对象，跟着雌性雪豹晃来晃去，一旦时机成熟，就在一起过起了家家。

大虎呢，却是无动于衷，没有任何明显的发情表现，也没有争风吃醋的反应。

03

饲养员为此也有些犯愁。大家商量了一下，试着把园里最好看的雌性雪豹送到大虎的棚里，希望大虎能怜香惜玉，与它擦出火花。

那雌性雪豹倒是喜欢这威猛的“男子汉”，主动上前表达爱慕之情，可大虎却不解风情，弄得人家很没有面子。几次下来，雌性雪豹也就一边玩去了。

而这大虎，干脆爬到木桥上去睡觉，好像觉得还不如做一场梦好。

看到大虎对情爱毫无兴趣，大家也就放弃了给大虎找对象。

大虎呢，还是整天过着清心寡欲的生活，该吃吃，该睡睡。

六

01

后来，人们想到了凌霜。2021 年，凌霜来到西宁野生动物园已经 4 年了，大虎差不多 15 岁了。

大家知道，雪豹的平均寿命，是 8 到 12 岁，也就是说，15 岁的大虎，已经是高寿。如果在野外，恐怕它早就不能追捕猎物了。不能追捕猎物，对雪豹来说，就只有等死的份。

而在这野生动物保护中心，大虎却得到了精心的饲养。

凡是来看大虎的人，看了它的介绍，都很有感慨。他们希望大虎健康长寿。

02

当然，随着年龄增长，大虎的活动量也逐渐减少，它经常趴在高处睡觉。

凌霜则已经成熟，它十分注意自己的形体，体重一直维持在 30 公斤左右。它的性情也像一只大猫咪，没有一般雪豹的那种野性。

面对这样的一位“美女”，大虎还会无动于衷吗?

果然出现了情况，大虎对凌霜颇有好感。

凌霜呢，平常缺乏安全感，有了温柔“大哥”的陪伴，它的心理状态也更好。

03

有了凌霜的陪伴，大虎的活动量比从前多起来，它似乎忘记了自己的年纪，如同小伙子一般精神抖擞。

有了大虎的陪伴，凌霜有了安全感，胆子也大了。平时它和大虎在一起休息、玩耍，大虎睡觉的时候，它也会去玩原来从不碰触的玩具，身心更加健康了。

大家都为此感到高兴，网友也奔走相告。

七

01

2022 年 12 月 1 日，囊谦县自然资源和林业草原局给救护中心打来电话说，他们那里有一只雪豹跑到一户牧民家中袭击牦牛，反被牦牛攻击，导致面部严重受伤。雪豹的情况不是很乐观，需要马上给予救助。随后县自然资源和林业草原局的工作人员就将这只受伤的雪豹送了过来。

救护人员接到这只雪豹的时候，发现雪豹面部外伤严重，体形消瘦，意识模糊。

救护中心随即对雪豹进行全面体检，体检报告显示：雪豹为雄性，根据牙齿磨损情况，判断年龄在 10

岁以上。它体重只有 26. 9 公斤，属于严重营养不良。面部因感染化脓，皮肤大面积坏死。X 光拍片检查显示，雪豹曾经胸骨骨折后错位愈合，体质较差。

我曾见过一个镜头：一只雪豹在山崖上袭击一只岩羊，岩羊拼命地奔逃，雪豹穷追不舍。在岩羊腾空起跳的一瞬，雪豹也飞身跃起，随即双双滚落万丈深渊。这只雪豹的胸骨骨折，或许也是这样造成的。

雪豹是高原上凶猛的动物，能够捕食多种猎物，一般不会闯入牧民家中去找食。救护人员分析，这只雪豹可能因胸骨骨折无法捕猎，长期饥饿，不得已才偷食牦牛。没想到牦牛出于本能，极力防护，向雪豹发起猛烈反击。

正常来说，如果这只雪豹身体无碍，牦牛很难得胜。也是因这只雪豹极度虚弱，才被牦牛挑伤了面部。

牦牛也是拼了命了，反击的力度又大又猛，尖利的牛角在雪豹的面部扎出了不规则的孔洞，孔洞又大又深，几乎令雪豹丧命。

02

救护中心给予这只雪豹特别护理。

他们每日给雪豹清创、涂抹药物，并进行抗生素输液治疗，防止面部创口感染恶化。

雪豹似乎知道人们的做法是出于善意，它积极配合治疗，眼睛里流露出感激的神情。

时间一天天过去。一个月后，经过精心治疗，雪豹的面部感染得到了有效控制。

只是由于创口较大，加之形状不规则，伤口已经无法完全愈合，也就是说这只雪豹毁容了。

这是救护人员所不愿看到的，他们要尽最大努力，修复雪豹的形象。

救护中心向中国农业大学发出了求助，希望他们帮忙。金艺鹏教授带队过来，为雪豹进行了面部修复手术。

03

手术结果是理想的，拆线之后，大家露出了满意的笑容。

雪豹的健康也在渐渐恢复，一切都朝着好的方向发展。它的体重已经由发现时不足 27 公斤，长到 40 公斤。

又经过长达半年的治疗，雪豹的面部外伤痊愈了，基本上看不出受伤的痕迹，仅鼻头有一点歪，大概是软骨缺损愈合后形成的。看上去，倒也显得它呆萌，还有一种不服气的神情。

大家每每看到它都觉得可爱，也就越发喜欢起来，有人就给它起了个好玩的名字，叫“凌不服”。

在大自然中，强者为生，连雪豹这种猛兽，也会陷入可怜的境地。

每一个生命都来之不易，保护生命，爱护生命，是野生动物保护中心告诉我们的道理。

这凌不服在园子里，歪着小鼻头，悠闲而自在地走来走去，向每一位喜欢它的人，送上友善的目光。

八

01

在西宁野生动物园，一群孩子围在一个大玻璃房子前，兴奋地看着一只小雪豹。

这只雪豹就是深受人们喜欢的亮亮。

亮亮于 2011 年被救助。当时，人们发现一个洞穴里好像藏着什么，因为害怕都不敢进去，便堵在洞口喊叫，有的还用食物引诱，但都不起作用。于是，有人便往里放火。

不一会儿，一只小型猛兽猛然窜出了洞穴，随后被捕获。

人们发现它是一级保护动物雪豹，便立刻打电话报警。

几经辗转，小雪豹被送到了青海省野生动物救护繁育中心。

经检查，这只雪豹的胡子与尾巴均有被烧的痕迹，且尾巴有明显的外伤。根据它的牙齿判断，这小家伙的年龄顶多有半岁。

救护人员给它取名亮亮。

02

后来，亮亮已经恢复健康，只是尾巴由于旧伤比其他雪豹短了一小截。这使得爱美的小家伙总是惋惜地看着自己的尾巴，不时地用前掌拨弄两下。

顽皮的亮亮，体型相比其他雪豹偏小一点，这跟它小时候发育不良有关。亮亮在饮食上没有明显偏好，什么都吃。

亮亮的性格有些高冷，饲养员要跟它交流很长时间，才能被它接受，然后逐渐成为朋友。而一旦成为朋友，它就矢志不渝地信赖饲养员。

可是有一天，亮亮发现它的朋友不再出现，而是换了一个新的饲养员过来，它就不高兴了。为什么那位朋友不辞而别了呢？

它就有了抵触情绪，对新饲养员一直保持高冷的态度。

实际上，新饲养员对亮亮也是不错的，也十分用心，但是亮亮就是不给他面子，冷落了他好几天。

后来，可能亮亮觉得以前的那位朋友真的不会再来了，而这位对自己还真不错，情绪就慢慢缓和，逐渐认可新饲养员了。

有时候，亮亮还会为他蹦跳两下，以表示对他的认可和接受。

03

亮亮的情绪最重要，只要它快快乐乐的，大家也就高兴了。

亮亮接受了新朋友之后，总是快乐地吃饱喝足，然后跑到活动场里爬上爬下，释放自由自在、放荡不羁的天性。

这样就吸引了大批的雪豹爱好者，尤其是孩子们，他们都喜欢跑到亮亮这里来看它，逗它玩。

亮亮不像其他雪豹，见人就躲起来，或者躺在空旷的草地上、墙沿边，只顾自己睡觉。

亮亮似乎懂得大家的友好，便比较随性地跟游客交流，睁着一双大眼睛看着你，或者摇动一下它的大尾巴。

当然，当它想起自己的尾巴短了一截，就又把尾巴藏到身后了。然后，它就爬上那棵柏树，在被折断的树枝上做着各种动作，随游客们噼噼啪啪地拍照。

这样一来，亮亮成了网红，很多到野生动物园来的人，都要来看看这个可爱的小家伙。

养蜂人

一

养蜂人这个时候该出门了，他们会在一个没有人知道的时间来到塬上。

那些蜂箱是如何被带上来的，更是没人知道。

蜂箱像战场上的炮弹箱子，被整齐地摆放成几排。

蜜蜂们会很自觉地上战场，它们知道该到哪里去，去采什么样的蜜。

养蜂人只管在蜂箱旁边搭一个小小的窝棚，等着它们胜利归来。

二

在这个春天里，阳光温暖地照耀着大片的土塬。

塬上各种好看的花儿，如杏花、桃花、苹果花、槐花、枣花、山楂花等，到处都在笑引着那些精灵。

近现代　齐白石　芙蓉蜜蜂（局部）

蜜蜂们飞撒出去，将自己嫁接在一朵朵花上，悄悄地说着体己话，而后张扬着翅膀离去，为另一朵花蕊送去只有它们自己知道的秘密。

实际上，来到塬上的养蜂人还是少了。

人们看到他们，总是热情地上前搭话。

上了？

上了。

吃了？

吃了。

窑院里喝茶？

不了。

今年花开得早哩？

可不是吗。

养蜂人一般都不是塬上的。他们走南闯北，一年也不大有长久落脚的时候。

你真正跟他聊过以后才知道，他带着他的“人马”会在一年内穿越大半个中国。到的地方实在是多，都是开满鲜花的地方。

塬上人说起来也可怜他们，毕竟走南闯北不如在坑院里待着好啊，老婆都顾不上，跑个什么？花是见了不少，不顶舒坦，不顶饱暖。想到这些，塬上人也就很满足了，就会带有怜惜地同他们聊聊，或者送上一个南瓜、葫芦之类。

下雨的时候，养蜂人急急地忙碌一阵子，然后就钻在窝棚里发呆。这个时候还会有人来，送给他一两个馍馍或一两块红薯。

养蜂人总是说，塬上人好啊，待人实在。

养蜂人也不是没有良心的人，走的时候，会留下好大一罐子蜂蜜或者蜂王浆，让塬上人尝尝鲜。

实际上养蜂人的那些蜂蜜，有不少都被塬上人买去了。

塬上人不知道养蜂人什么时候走了，又是怎么带走那几十个大蜂箱子的。

三

又一年过去，塬上人发现这次来的养蜂人是一个女人。

他们惊奇地围上来，当然不是全都围上来，也就是那几个没事的、好事的，其实也是善良的、热心的。

因为他们认识那些蜂箱，也认识那个早就变成帆布帐篷的窝棚。听女人讲完后，他们唏嘘着离去，说一些怜怜惜惜的话语。

原来那养蜂人年根上死去了，留下一堆蜂箱不忍闭眼，直到他的婆娘应承下来，他才吐出了最后一口气。

婆娘就在春天到来的时候，踩着养蜂人的脚印到塬上来了。

婆娘说自己跑不了那么远，也就是到这塬上来放放，终归是顾不了，谁要是能承接这些蜂箱，就是行大好了。

塬上人互相传递着这个信息，但是没有谁来接她的热情与可怜。

塬上人已经习惯了塬上的生活，他们不知道外边的世界有多大，他们怕这些蜜蜂把他们带野了，回不到这塬上。最后怕自己老婆也像这婆娘一样，剩一个可怜的孤独灵魂。

四

我看到一大堆蜂箱的时候，同样是一个春光明媚的早上。

我去了那个崖边，但是没有看到养蜂人。

蜜蜂早就出去了，这里静静的，只有一堆的箱子。

我听说的养蜂人的故事，不知道是不是属于这堆箱子。

傍晚我再次经过那里，还是没有见到养蜂人。

三角形的帆布篷前，放着两个萝卜和一棵白菜，像是谁送来没见着人，又放下的。

我有些失落，不知道为什么，而且我也没有见到蜜蜂归巢的景象。

塬上的狗

这天，我看见一只狗跟着主人从坑院上来。这狗仅有三条腿，其中一条前腿显然残废了。

少一条后腿可能还好对付，少一条前腿就艰难得多，这是我从这条狗身上现得出的结论。

狗走得很艰难，我有些不好意思盯着它看，我怕把它的不好意思看出来。

其实它已经不好意思了，它靠着拦马墙根儿晃动，像一个小丑故意弄出洋相，要引起谁的注意，然后发笑。

不，它一点儿都不想要这种效果，你看它走得多么难为情。它蹒跚一下，抬眼看四周一下，蹒跚一下，看四周一下，它恨不得死了算了。

可主人不想让它死，主人上来是为了遛它，不遛遛，也许它真的活不长了。主人在前面走走，等等，等等，走走。

主人是一位老者，腿脚也不大好，拄着一根枣木棍。主人走得并不快，但它还是追不上主人的步子。

我很想上前问问，这狗怎么成了这个样子，我却不好去问，这可能会触动狗的痛点，实际上是触动了老人的痛点。

肯定，狗本不想成为这个样子，老人也不想让狗成为这个样子。

老人一定为狗流过眼泪，狗把那眼泪含在眼睛里，又流到心里去了。

雪域生灵

一

荒原上行走，会经常发现狼的影子。我肯定是认不出它们的，但是欧沙他们告诉我，不远的地方，站立在那里看着我们的，是一匹狼。

这让人立时感到哪里有些冷。狼在每个人的记忆里，通常是灰色的，而且是凶狠的。大部分人只在动物园里见过狼，但它们已经被圈养和驯服得本分多了。谁能想到会在野外见到狼的真容？

这是一匹比狗要大些的狼，它两耳直立，收着尾巴，头部和背部竖起长长的毛尖。它那灰黄色的皮毛很漂亮，说明它有着很好的食物来源，胃口也不错。

它这是要到哪里去？这趟旅途，我们几乎很少见到活物，那么它一定是饿了，才走出这么远来寻找猎物，没有想到遇到了我们。

它是怀着什么心情站在了那里？是惧怕，是镇定，还是有别的心思？我们不得而知。但是它原地不动站定的姿势，还是让人为之赞叹的。那么，它会不会扑过来？

我们远远地看着，有人顺手捡起了脚下的一块石头。实际上，这里是半戈壁地带，我们脚下并没有多少石头，到处都是坚硬又细碎的石头渣滓。要是野狼真的扑过来，我们能够用于搏斗的武器有限。关键时刻，只有以最快的速度拉开车门钻进去才安全。那么，那些动作慢的人呢？就得有人挺身而出。

我们的旅途正遇到一点麻烦。路的前面有座桥，因年久失修处于半瘫痪状态。有条小路通到桥上，但是路与桥之间却有一个很高的台阶，不知是因为路的陷落，还是因为桥的升高。这里连大马力的越野车也不敢硬闯，车一旦上歪，就有掉下去的危险。

大家只得下来，几个人用车上仅有的两把铁锨修整路面。其他人就发现了这匹狼。

这匹狼仍然立在那里，一动不动，不知道它哪来的底气。它的坚定让人有些心虚。

当我们的车子开动后，有人说，实际上狼也是在心虚，人不走它也不敢走，它怕人突然袭击它。

动物遇到危险，最好的保护就是面对。只有面对，才能让对方摸不透自己到底有几斤几两，而一旦撒腿跑掉，就助长了对手的威风。跑掉的一定是心虚的、弱势的，那就必然要乘胜追击，如此造成的局面就是，前面的越跑越虚，后面的越追越勇。

这么说，狼这种在荒原上经过千锤百炼的生灵，一定深谙此道。

狼是善于奔跑的兽类，而且耐力强，常会采用穷追的方式，把猎物累趴下而取得胜利。幸亏我们没有离开车子，也没有谁慌乱地掉头跑去。

这是我第一次遇到单匹的狼，它可能是离群或者失恋了。

因为我听说狼和人类一样热爱家庭，喜欢成群结队地生活在一起，相互帮助，共担风险，共享快乐。那片荒原实在是辽阔得很，而在目光所及之地，我们看不到第二匹它的同类，也看不到其他生物。

这匹狼如果不是离群或遇到什么事情，本不该走上孤旅歧途。我们对峙的地方，它是没有退路的，它的身后是一座陡峭的山，如果它的对面是猎手，它的命运可能就此发生改变。

那么，草原的牧民大多独自在外，遇到狼怎么办?

有人说了，牧民一般都带着藏獒或牧犬，狼一般是不敢接近的，因为它知道，一旦贸然行事，可能会发生不可预料的情况。与其冒险，它还不如去找“好欺负”的野鹿、野羚、兔鼠之类的稳妥。

回过头想想，就感觉到那匹狼的可怜了。

漠漠荒野，一匹离群的狼，什么事情都要自己面对，找寻食物也不是那么容易的，何况还有人类围起的铁丝网。

二

我还在一架山梁上看到过一群狼。不知听谁说，狼一般都是群体活动，多数为七匹，所以有“七匹狼”的说法。

那是我们发现野山羊的时候。那一群野山羊，正在山梁上盘桓，跟着头羊或上或下，不知所措。

不久我们就看到了狼，狼在围堵它们。狼并不往前凑，只是在它们的右前方堵住它们的去路，而左边是高峰。看来这群野山羊要遭遇不测，我们也是无能为力：一是离得太远，它们都在海拔 6000 米以上的山梁上，而且还是雪山。二是我们肯定不是这群狼的对手，即使驱散了它们，也不能把那群羊救回家，它们还是要被狼群盯上。

有人口中发出了长啸，那是带着高原气势的啸音，但是无济于事。

天渐渐阴了，看来又要有一场雪了，而我们的处境也十分不利。我们去往澜沧江源头的道路发生了塌

清　任颐　三羊图

陷，只好回转，回转到这个地方，又几乎没有路。

过去前面那座山岭会是什么样子？

天快黑了，我们只好开动了车子，将那一场弱肉强食的围剿留在这里。

自然界本就有很多残忍和不公。

在一次行走中，我们看到远处有一只不大的动物，正跑跑停停。

文扎说那是一只狐狸。我将镜头拉近，镜头里竟然出现了我从没有见过的面容，真的，在动物园里我从来没有见过这么美丽的生灵。

它走走停停，扭头看你的时候，有一种魅惑的目光。它噘着小嘴，塌着细腰，翘着尾巴，如果将镜头调转一下，让它变成立式，岂不就像个人形？

在一个无法预知的环境，这只野狐正经历着风雪的洗礼。

它显得有些落寞，又有些孤傲，也许是为了自身或者幼崽而承风受寒，说不定还将承受暗夜。

在动物中，野狐并不属于生猛强悍的一类，它的体能，比一只黄羊强不了多少。那么，遇到强敌时，它会有多少童话中所说的计谋来摆脱困境？

我们不得而知。

三

一路上，我们经常能见到各种草原山鹰。它们蹲在那里看不出个头大小，但是猛然间飞起来，就像一只风筝，十分威风。

鹰在天空盘旋，看着那种悠扬自在的盘旋，看着那种在自家似的盘旋，你就觉出，鹰对于天空的深情。

它生来就是为了翱翔天空的，生来就是为了俯视雪域的。高原练就了它的一双铁翅，也练就了它的一双慧眼。

只有在辽阔的高原，你才会感到，鹰的翅膀无比辽阔。

在一场大雪中，苍鹰一次次将降落的雪线划断，划出一道道黑色音符。

它们在寻找什么，或什么也不寻找，只是喜欢这样，喜欢这降雪的世界。

山峰是白的，山谷是白的，河流是白的。天地像苫了一块白布单子，整个地白在了一起。

我又一次注视鹰，是在玉树，它在高高的天上飞。

不，不是飞，是滑。

它们驭着风，无目的的，一只只在空中滑着。不知它们是在练习飞，还是闲来无事到天上转圈子。

在格拉丹东，我竟然看到两只鹰从冰峰前飞过来。它们就像两条冰凌，从冰川里射出，好像那里是它们的领地，它们翅膀就是为寒冷而生的。这真是匪夷所思的事情。

可是真的有两只鹰从冰川里飞出来。

四

在澜沧江源头，一群藏野驴出现在我的视野中。以后的几天里，藏野驴还会经常地出现。

它们总是一群群地跑过，一般都是七八头。这次看见的有十头之多。

藏野驴的形象比我想象中的要好，也可以说比我在中原所见的驴要好。

它们有着健壮的体魄，皮毛光滑，跑起来不算很快，但是浑身散发着一种强劲的英气。原本一身的白，却用棕红色勾勒出好看的线条，像穿着一件时髦的制服。

是的，它们有点像草原的绅士，走起来四平八稳，跑起来也不失身份，见到生人也是不慌不忙地走开。

当它们以群体的形式出现，简直就是参加活动的仪仗队。

我在这里听到了一件事，索加乡当曲村的牧民尕玛放牧时，发现一匹藏野驴在冰窟中挣扎。野驴的脖子因挣扎而磨破，斑斑血迹洒在冰面上。

尕玛一个人拉不动野驴，便用对讲机呼叫周边牧民。几个牧民将藏野驴救上来时，它的四肢都已冻僵。

牧民取来毛毯盖在藏野驴身上帮它取暖，尕玛又把它拉到家中细心照看。

三天后，藏野驴辞别了好心的牧民，奔跑在哲塘错卡草原上。

明　沈周　驴

五

成片成片的牦牛，散落在广袤的草原上，它们或群或散，远远望去，就像草原上美丽的雀斑。

闹不清它们该什么时候回家。它们之中必定有一个领导。

我曾见过一只牦牛在前边带着，其余的跟在后面，一直地往前走，不知道它们会走向哪里。

一座又一座大山在它们的周围，绿草就是它们的家园。

在草原上，看到最多的物种就是藏牦牛，藏牦牛同牧民有着深切的关系。

在整个高原史上，牦牛的驯化与放养，成为游牧民族生活的一部分，亦成为青藏文明的一部分。

直到今天，人们在藏区看到的牧民生活，都与牦牛息息相关。他们搭建的牦牛毛帐篷，是抵御冰雪严寒的最好居所。牦牛肉、牦牛乳汁及其制品，成为牧民主要的食品。

多少年里，牦牛都是藏区的“高原之舟”，有了牦牛，牧民们可以迁徙到很远的地方，并且把生意做到很远的地方。

牦牛无毒无味的粪便，是牧民可持续利用的燃料。

我在牧民的土掌房前，看到一整面的墙壁粘晒牦牛粪。

牧民说，牦牛粪比煤都好，煤要花钱，还会产生二氧化碳，不便于在封闭的帐篷里使用。

现在一头牦牛的价值在万元以上，它真的就如水和空气，是藏民的一种生命来源。

即使是严寒季节，藏民们也要到很远的草场放牧。遇到冰雪灾害，他们会在狂风暴雪中将牦牛聚拢在帐篷前。藏民在帐篷内烧着牛粪，不时出去照看，恨不得将那些满身都是雪坨坨的生灵拉进帐篷。

在草原上也会不断地见到野牦牛，它们比放养的牦牛更加自由和奔放，它们甚至会同放养的牦牛生出小牦牛，而牧民也不排斥，因为觉得它们的后代更健壮，更利于牦牛的繁盛。

同样披着厚大氅并且能够与牦牛同享快乐的，还有白云般的高原羊。黑色的牦牛有些像绅士，而高原羊们则像白衣少女。

这些生灵有时候还有些顽皮，开车遇上高原羊群时，它们表现得毫不在乎，让你的车子等好长时间，才不慌不忙地走下路面，从草原的这边翻到那边去。

在海拔 5000 米的巴颜喀拉山和唐古拉山，依然散布着这些黑的或白的牛羊。

高海拔并没有影响它们的生存，反倒是我们人类在这儿感到气短，感到心慌。人这种动物看似强大，其实很渺小，讲究吃穿，还要讲究生活质量。

养马岛

一

车子沿着优美的海岸行驶，过了蓬莱阁，过了烟台山，进入牟平就离养马岛不远了。

当年秦始皇是否也是这样走的呢?

海上起了云雾，养马岛朦胧得像海市蜃楼。

秦始皇四十岁前或没有见过海，在他统一六国后，首先进行的就是修筑通往各地的驰道，而后扬鞭跃马，驾车出巡。

公元前220年后的十年间，他不停地让骏马在宏阔的版图上踏出阵阵蹄响。第二次出行，秦始皇来到了东海，那是他的神往之地。海那边或许是一个神奇世界，诸多梦想包括长寿可能就在海那边。

海让秦始皇有了一种宗教情怀。

也就在这时，他看到了这个岛，岛离岸不远，却霞光跳荡，绿意葱茏，似马踏祥云，异象纷呈。

波涛伴随着战马长啸，秦始皇遂想到蓬莱产天马的传说，眯着的眼睛闪现出一道灵光，马鞭一挥道：“此处可养马！”

二

养马岛或许让始皇帝有了某种寄托。

马是尊贵与力量的象征，国家强势以驷马战车为比，王侯殉葬多以骏马为伴。

这种易饲养、通人性的物种，随着军事及社会文

清　王致诚　自在驹（局部）

明史一道进入繁厚的典籍。

乌骓、赤兔、绝影、的卢、白龙驹，一匹匹有着油光锃亮的皮毛、俊逸彪悍的身躯和速度与耐力的马，多少年来与英雄豪杰一同传为佳话。

“雪耳红毛浅碧蹄，追风曾到日东西。”

追风、奔电、飞翮等七匹宝马也曾载着秦始皇轮番出征，正因此他对马有一种特殊的认识与感情。

他或许得了养马真传，知道马重在遴选与驯养，因为秦先祖非子就善于养马。七雄争霸之时，秦国就已经注重养育良马，并颁布《厩苑律》以增加马的数量和提高马的质量，因而率先成为军事强国。

作为第一个统一六国的人，秦始皇尤其重视疆土边界的扩展与边疆的完固。在秦始皇第四次东巡的时候，他派出的大将蒙恬，正率领三十万大军与匈奴激战。

如果养马岛能驯养良马，对一个国家的强大是有好处的。

三

说是岛，并不是那么山石嶙峋，反而地势舒缓、植被丰厚、草木繁盛。

车子在岛上奔驰，像匹野马腾挪起伏。

草兴奋地狂舞着分向两边，把每一个叶片尽情打开。

能够想象当年可爱的岛给草和马带来的和谐与欢乐。碧海上，蓝天下，它们放情而恣意，柔曼又疯狂。

草理解马，簇拥马，供养马；马让草变成另一种生命与力量。秦始皇马鞭挥出的时刻，便具有了美学与哲学的意味。

细柔的沙滩构成绵长的海滨浴场。人们在水中嬉戏撒欢，那也曾是骏马嬉戏撒欢的地方。

岛上的另一片临海之地，是嶙峋狰狞的滩石，海浪冲击其上，发出震耳的轰鸣，当年这或许是训练军马承受艰难旅途的境地。

海潮退去，露出原野样的泥泞滩涂，很多人来赶海，这里也成为锻炼战马耐力的极佳场所。

养马岛聚合了很多地域的不同特点，让从岛上出来的马更能适应环境。

岛上养马还有一个好处是马无法逃逸，贼人也不好盗猎。养好的战马用船运出，即可投入战备。

全国海岛中，养马岛实唯其一。

四

又一年的春天，波澜起伏的海边旌旗猎猎，车杖仪仪。

秦始皇再次驾临这个叫芝罘的地方。

马在涌动，马在飙飞，马在嘶鸣。

在曾经是五霸之首的齐国土地上，看到驯养的可入列帝国军阵的战马，秦始皇扬须畅笑了。

养马岛基地的成功，实现了秦始皇在东部大批饲养西域良马的想法。

他不仅得意于山河壮丽、子民臣服，也得意于这些战马。

皇陵里陪葬的庞大兵马军阵或许是他喜爱马的明证。

秦始皇五次东巡三次来到芝罘，不知是否与养马岛有直接的关系。他确实把此处看作了仙地。

我们在岛上徜徉，想寻到一些养马的踪迹，却只是徒劳，只有漫漫绿草肆意摇动着海风。

草的四周有大片山菊，伴随着绚烂阳光，倒是显现一种皇家气象。

草木深处，惊现了一个跑马场，总算多少与马有了点联系。

马在骑手的身下狂跳着、嘶叫着，让人眼前幻化出大秦的马阵。

岛还是那个岛，草或是那片草，马却已非昨日的马。

秦始皇的鞭声远去了。

再往前走，林海树浪中竟还藏着一个具有国际水准的高尔夫球场。这环绕着碧海蓝天的创意，不亚于当年始皇帝在此处养马。

晚间出来在岛上走，觉着这岛仍有一种神圣感。星月高悬，海风悠悠，四周发出阵阵响声，闹不清是草声是马嘶还是海鸣，只觉得整个岛都在奔涌。

路上遇一老者，自称是岛上的原住民，数辈都在岛上生活。

问起养马一事，他眼里立时就放出光芒。

步入以马文化为主题的广场，高处有骏马的雕塑四蹄飞扬，是它在追风还是风在追它？

一个小女孩仰望好久，说：“那是一匹马吗？它怎么像鸟在飞啊？”

是啊，很多传说给马插上翅膀，马在神话中行，在想象中飞。

问她可说得出关于马的词语，小姑娘脱口而出：一马当先、马到成功、天马行空、六马仰秣……

马越来越远地淡出了人们的生活，一个岛却让人生发了对马的某种温情。

多少年后，养马岛的意义或许超越了它的名字。

潮涨潮落，朝霞夕辉，养马岛与始皇陵遥遥相对。

一个想长生不老的人终是走入了陵墓，而与之有着某种缘由的养马岛却进入了永恒。

离去时回望，茫茫雾气中是忽明忽暗的历史，是若梦若幻的场景。

整个岛如骏马起伏于水，看不清哪是头哪是尾。

再远时什么也看不到了，只一声马嘶由远而近萧萧传来。

唐　佚名　牧马图(局部)

涠洲岛夜趣

一

不知谁出了个点子，半夜了，竟要去抓螃蟹。

我正要上床休息，也被拉了去，奔向岛下那块浅水湾。

这里那里，点点渔火和住家的灯光亮了，明明灭灭于旷寂的海湾。

潮湿的海风吹来，扑在脸上，带着一股迷人的诱惑。

走下长长的石板路，下边就是海湾了。

白日里，这湾子里诸多船只游来弋去，海水衬着碧蓝的天空，就如同一幅立体彩照。

而现在，那汪碧蓝不见了，唯余下一处平阔的海滩在月光下闪烁着，那些船儿也不再动弹，原地里卧睡着。

二

我们就这样，怀着一种异样的心情悄悄走近海湾，每个人都成为这夜海中的一个“阴谋家”。

这些横行的家伙会在哪里隐身呢?

大家脱了鞋子提在手上，绾了裤腿下到泥滩里。

正两眼茫茫，内心空空，忽喇喇一片急响，遍滩起了埋伏似的，数不清的横行者四处奔突，让人猛一激灵。

可一会儿便不见了踪影，又让人好一阵惊奇。哦，这些家伙不是冲我们而来，而是惧我们而去。

我们几个欢呼起来，睡意全消了。原来螃蟹就寄居在这海滩里，待海水退潮，这里就成了它们的乐园。

我们个个都急于大显身手，于是各自为战，四下里好一阵折腾。待一会儿互相通报战情，却一个个沮丧万分，于是又一阵欢笑声起。

想这螃蟹必是海滩的老住户，早已见过世面，我们又是这般明目张胆地扎着居高临下的架势，它们早就一声唤地有了斗一场的心理准备。

待你上前，一个不见；你刚转身，它又不知从何处冒出来，八条腿一支，鼓着泡泡张牙舞爪。那叽叽唔唔的声音联合起来，竟形成一种气势，在沉静的夜晚听起来十分壮观。

三

如此这般较量一阵子，我们一个个全败下阵来。

只石君抓到一个俘虏，还是个处于病中的软壳蟹。

我说我疲累了，丧失信心了。杨女士、李君也如是说。

我们三人便翻进一条船里，仰望着星星各自喘息。

另两位却兴致不减当初，非要跟螃蟹们拼个鱼死网破不可，这里跑跑，那里冲冲，渐渐没入了暗夜。

“千万别跑太远了呵，互相喊着一些。”船里的人还不忘照应一声。

这毕竟是海上呵，再往前不就是苍茫大海了吗？大海再往前不就是公海了吗？在这沉沉的夜海中，谁能想象会出现什么意外？

杨女士有了怕意，说：“海潮漫起该有敌特摸上来，你们可别丢了我不管呐。”我们让她放心，然后就一同挤在那小小的船舱里迷迷糊不知东西。

不知过了多久，一声“哎呀！”传来，紧接着噼噼啪啪一阵乱响。

我和李君均被惊醒。

原来是杨女士。“蚊子，大飞蚊子！”

可不就是，我的脸上、胳膊上生出一阵疼痒来。

何时遭了空袭，遇了螃蟹的盟军？

远远的，那两位还在月光下一起一落地弯腰奋

近现代　齐白石　酒壶螃蟹

战，我们这里却连蚊子都应接不暇了。

三双巴掌啪啪噼噼，李君索性脱下衣服舞成战旗，以示力量的强大，可最后我们还是败阵逃出船来。

看看表已是后半夜两点，回去的那段山路也够让人生畏的。

好在还睡了一会儿，只得再投入捉蟹的战斗，向盟军的地面部队进行报复。

慢慢也摸出些门道来。那蟹一般有两到多个窝眼，你只等它缩进窝去，便细观四周的动静，看哪个窝口有水泡冒出，就摆好架势静等在哪个窝口。一会儿它以为你离远而悄悄露头，这时再猛然下手，战果就不一般了。

只是捉到的那蟹实在小得让人怜惜，餐桌上盘子大小的海蟹一个不曾遇见过。我们反复抓了几次都是这等劣物，便随手甩掉了。

三人又与两君相遇，各报战果，互相一笑，还觉有趣。

出此主意的石君又提议向更远的一处岛礁走去，说那里自有大家向往的大螃蟹，因为那里的螃蟹不同此类，是寄居在礁岩里。

步出二里地光景，终看见一处露出水面的小礁，又听蛙蟹逃突的声响确非一般，除杨女士外，其余都来了兴致。

可实则非想象之易，那蟹钻进礁岩，何以能伸手进去抓获？

“嗨，逮住一个！”风霜漫发的茜君爆了一个冷门。看那蟹就是不一般，壳硬且肥厚。大家又拼搏了半天，仍是就此珍贵的一只。

四

后半夜的海风凉了起来，那凉意让人感到是月亮发出的，那月正歪歪斜斜地靠在那个崖尖上，冷中显出阴森。

各自不由地打了个冷战，这可是祖国海岸最边沿处了！

不知谁说“回去吧”，便都不由地加快了脚步。

刚拐过一处礁岩，听到猛然一声喝问：“谁，干什么的？”

俨然电影里的声音，我们一下子愣了，就见顷刻过来三个人，手拿着枪，亮着大手电筒，原来是守岛的哨兵。

一番询问后，他们许是知道白天岛上来了一帮写东西的人，且住在他们的兵营里，便又向前走去。

至此我们全没了兴趣，拖着疲惫的步子收兵回营。

一对小白兔

一

终于有了一对小白兔，红玛瑙般的眼睛亮亮的，透着温顺，绒绒的毛色比纸都白呢！

听人说这叫安哥拉兔。安哥拉在哪里？我不知道，可因为这对小兔，那个地方在我心中也美好起来。

我是打听着跑到几里外的村子里买来的。

只听说那里有人养兔，并不知道人家卖不卖。

找到土城外面的村子，走到一个颓垣外，看见一个年轻人在里边鼓捣什么，就大着胆过去说：“大哥，你这里有卖小兔的吗？”

他说：“你要啊？”

“嗯。”

“很贵的。是安哥拉兔。”

“多少钱，能看看吗？”

他把我领到院子里，从一个砖头垒就的窝里，伸手就拽出来一只。

这兔子好长的毛，又细又白。

就这样，两只毛茸茸的小兔就到了我的书包里。

虽然邻家小同学花五毛钱买了一对，而我花了两块钱，可我不后悔，我的小白兔是长毛兔，纯种安哥拉！

二

我给小白兔搭的窝就在房门口。

怕它们丢了，我还在上边罩了密密的铁丝网。每日关照无数次，生怕它们饿着渴着；及时打扫粪便，以防染病。

那个年代，半日学习半日劳动，劳动即是帮助生产队割麦子、翻地、摘棉花、割草之类。我回来时，书包里也就塞满了。

那个大哥哥告诉我，小兔最爱吃苦菜、苦苣、菟丝之类。我记住了，每次都细心地剜来。

喂小兔前，还要先一个个择过，草根黄叶全去掉，有小虫子的也不给它们吃。现在它们可比在那个颓垣里幸福多了。

一连下了几天雨，小兔早吃光了“积蓄”。

这日黄昏雨才停下，我准备去给小兔剜菜。有兔草的地方远在城外，一个来回几里地远。我不会骑车，这时去剜菜，回来时怕要升了月亮。

母亲看小白兔着实可怜，动员父亲骑车带我去。一向严肃的父亲欣然同意了，我们跑了五里路才满载而归。

我撒一把苦菜、苦苣给小兔，它们那般撒欢，清

清　冷枚　梧桐双兔图（局部）

脆的咀嚼声使我忘记了肠鸣。

到底是安哥拉，那毛越长越长了，白绒绒的一只卧在那里，竟像一只小羊羔。

有人说：“快梳了去收购站卖吧，很贵呢。”可我用梳子梳了半天，也没掉下多少毛来。

于是我狠狠心，动用了剪刀。原本漂亮的服饰被我剪掉了，那对小兔丑丑的，让人爱怜，它们是被动地为我付出了呢。

我将兔毛送去收购站，竟卖了三块多！

我想着，如果有一群小兔子，剪一次毛能有三十多块吧，真盼望它们能早早抱窝。

转眼到了冬天。

一天，我忽然发现小兔把干草叶子拖进了窝里，赶忙去问邻居。小同学说：“小兔在做窝，许是要生小兔了。”

我高兴极了。

邻居的小兔窝是挖在地下的，小兔抱窝时，刨出了厚厚的一堆土，想那地下的窝一定很潮。

我从农场上抱来麦秸，在小兔的窝里铺了厚厚的一层，这就比地下好多了。

那些天里，我时时操心去看，却一直没有发现什么新的迹象，心劲儿也就渐渐松弛下来。

田野里苣丝早已没有，苦菜在料峭的寒风中虽还有些顽强的影子，要挖够小兔吃的得花好大工夫了。以往挖菜时还能叫个伴，现在天一冷谁都懒得出门，自己一人也再无勇气跑出三四里地去。

什么事时间长了，许是都要失去热情的，我就只好学着邻居，把菜根、萝卜之类扔给小兔吃。

母亲更是把喂鸡的剩饭倒给小兔。

小兔闻闻舔舔地都接受了，看来并不要为此“绝食”。

我的懒心释然了。

三

这晚窗外刮了一夜的风，沙沙的雪粒打在窗户上，让人觉出无尽的寒意。

早晨懒得起床，好久开门一望，整个儿一个白茫茫的世界。

冰凌垂在屋檐下、树枝上，拿棍一敲，脆脆地掉下一串。呵呵手方想起那两只小兔来，赶忙去看。

蒙着的塑料布上覆了厚厚的一层霜，抖开雪拉开窝门，厚厚的草窝里怎么有一群小老鼠？

再仔细看，这不就是一堆没毛的小兔！

它们拥在那只母兔的身旁，蠕动着未睁眼睛的小脑袋，那般可怜。其中两只已僵硬了身子，再摸摸兔妈妈，也已气息奄奄。

我几乎掉出了眼泪，赶忙双手捧了那堆生灵，放到屋中火炉旁，又去提兔妈妈，同样把它放在火炉

清　蒋溥　月中桂兔图（局部）

旁，希望它能起死回生，照管这群孩子。

连兔爸爸也被提进了屋，怕它被冻死。它一进屋便钻进了床底，并不理喂给它的大白菜。

我调了奶，盛了米汤，如何也喂不到那些小兔娃的嘴里。把它们按在碗边也不知道啜饮，眼看着它们八只，连同兔妈妈，相继死去。

只一天的工夫，我痛苦到了极点。

我真后悔，那个窝其实不能御寒过冬，更不具备生养小兔的条件。

而不会说话的小生灵，又无论如何不会向我请求什么。我因没有经验，葬送了九条可爱的小生命。

我把它们用棉絮包了，送到古城下的雪窝里。兔妈妈估计有五六斤了，但是我丝毫没有烹煮它的意念，尽管事后有人很可惜地这样说过。

剩下一只兔子，我得好好照料它，想着开春再去买一只来与它做伴，免它孤寂。

我用砖泥重新砌了窝，周围又蒙上了草苫子，舍出细嫩的白菜心喂养它。

谁知，两天以后它拱破了窝门跑没影儿了。

我走街串巷，串了好多路口、好多人家也没有找着。

晚上听见门响，我以为是风，再仔细听又不像，开门一看，那只兔子就蹦进了屋。

我惊喜万分，拿着白菜、倒了剩汤款待，它吃得很香，许是饿了一天。

我一遍遍地挠梳它的长毛，摸它的耳朵，真不知如何抚慰它。

它吃饱喝足了，在屋子里蹦了一圈，又钻进了床底。第二天开门，它又急急地回到了窝里，我安心了，为它忙碌了一番便上学了。

放学回来，我先去兔窝探视，却又不见了那熟悉的“小伙伴”。

想它许是寂寞孤独，出去跑跑，天黑还是要回来的。

那晚，门口却一直没有音响，我几次产生错觉开门去看，都扫兴而回。一天、两天过去了，再不见了它的踪影。这周星期天，整整一天我都在寻找它，不时回来翻看兔窝和家里，最后愣愣地待在它的窝旁。

雪花又飘了下来，在这寒冷的冬天，它会去哪里呢？即使不被冻死，也要被人捉住吃肉。它一定是寻找它的亲人去了，它许是不明白它的亲人去了哪里，它的出走，又何尝不是对我的一种抗议呢？

难道兔子这生灵也有人一样的情感吗？

塬上的鸟

一

你会感到一种惊奇，不知从哪里一下子来了那么多鸟，好像是一夜间来的。

我认定有些鸟儿不是塬上的。

它们把春天的快乐，洒满了山塬的天空。

塬上人早已熟悉了鸟的叫声，该逗孩儿的逗孩儿，该睡觉的睡觉。啥时候一阵小风刮过，他们才想起那些鸟来。

鸟在塬上总是很随心，很舒展。

你看，那些鸟从天上跌下来，眼看就要跌得头破血流，竟然一扭身，挓挲着翅膀又旋了上去。

很多鸟都会玩这样的把戏。有的像一块土坷垃直直地向你砸来，你都准备躲闪了，它却猛然现了原形。它们恣意得很呢！有些鸟喜欢聚群，树叶子一样，呼啦啦从树上刮下来，又呼啦啦地回到树上。

二

我最初听到鸟叫天还没亮。一只鸟站在我窗外的梨树上，把我叫醒了。

我开门出来，紧贴着窑屋轻轻走向过道。它果真没有发现我，只顾在那里叫，好像这个坑院是属于它的。

我上来坐在一块靠近坑院的老树疙瘩上。

这个时候你就听吧，满塬都是鸟的叫声了，像小学生们在晨读，像剧团演员们在练声，还像是在赶露水集。那个热闹！

好像它们知道这个时候就该热闹，简直热闹成一个疙瘩蛋了，跟年夜塬上的鞭炮有的一比。但是并没有聒噪感，反而让人有一种兴奋感。

你要是只鸟儿，你也早加入进去了。

各个坑院各个树上都有鸟叫，不知道那是些什么鸟，也不知道它们怎么发声。

仔细听的时候，又会发现其中的特点。你能听出它们的性情，它们的语调，它们之间的意趣。

一只鸟尖着嗓子在拉腔：咿——咿——咿，那边也有一只亮着嗓子附和：吔——吔——吔。一个压着声音问候：“咋啦，咋啦？”接着一个沙哑的回应：“不咋，不咋。”

有的很干脆又很亲切：“你吃啦，你吃啦？”那边回答：“没有，没有。”有的鸟很能让舌头绕弯，那拖着的长音像是懊恼和埋怨：“你要把人急死哩，你要把人急死哩！”下边你等着，还真的跟来一声不紧不慢的闷音：“别慌，别慌……”

这些都是同一类鸟吗？不见得。但是在这群鸟大会上，鸟儿的叫声怎么就那么默契。

有些鸟的叫声，像是谁的布衫子被树枝挂了一下，挂住了又猛地一扯，很清脆，又很拖延。有的声音像是往瓶子里倒玉米籽，扑扑叮叮的，扑叮得人心里痒痒。有的声音像老婆儿咳嗽，咳又咳不出来，让人听着都为它着急。

三

春天的鸟儿一准在恋爱。

它们也是有感情的，知道该主动就主动，该配合就配合。

不过，鸟儿也有失意的，这是自然界的自然。

我是在夜晚获得这个秘密的。两只鸟没有在一块儿，中间隔着好几个坑院，有一只离我很近。它们都把坑院里的人忽略了，或者说已经顾不得许多。

这边的看来是主动搭讪的，但不知为什么不到另一只的跟前去。

近现代　颜伯龙　花鸟图（局部）

开始还不错，它刚说完，那边就回应了，但回应的声音没有它洪亮。我先以为是它的声音在远处的回音，后来才分清楚，那是另外的一只。

这样你一句我一句的，说得还可以，让人渐渐忘了那说的是鸟语，竟感觉听懂了话语的内容，而且听得真真切切。

不久，我却听出了问题：这位说完以后，那边的回应消失了。为什么消失了？难道是哪句不合意，就不想说了？或是飞走了？

你听，无论这边的如何重复着亲昵，那边就是不再有声音。这边的为了招回那个声音，可谓耐心至极，它叫得有些拖音，甚至有些沙哑。

我都有些感动了，你看它刚才还是柔情满怀，现在却伤感满腹了。

它还在沙哑而吃力地叫着，又叫了好一阵子，突然停止了。

最后的声音在夜空中划了一圈，在哪个地方消逝了，就像谁关掉了开关，整个世界霎时静寂，静得有些苍凉。

四

这些天，我对于鸟鸣格外敏感。

在东凡塬，我听到了一种新奇的鸟叫，像是布谷，但是布谷鸟一般是芒种时节才会飞来。况且布谷鸟的声音像泥咕咕吹的，“布谷布谷”四声，眼前这鸟却只是短促的两声。

我说：“这不像布谷吧？”他们问在哪里。振宇说：“我也听到了。”于是都支着耳朵等待。又听到了，是咕咕的两声。

老赵说：“哦，是咕咕。”咕咕是什么鸟？朋娇说：“俺这里就叫咕咕。”

老赵说：“这鸟叫的声音会改变，三月就这么‘咕咕，咕咕’叫。到了五月，叫声就成了‘咕咕——噔，咕咕——噔’。”看到他认真的表情和模仿，大家都开心地笑了。

这时我又发现了一只鸟，它扑棱着翅膀，从一座毁弃的坑院飞上去，挂在了崖顶。

我赶忙又问是什么。于是大家又往那里看。

振宇说：“看见了，不小呢，好像是喜鹊。”朋娇说："是乌鸦吧？"

但是那只鸟并没有显形。

我们再次走近。这下它呼啦一声从乱蓬蓬的崖上腾起来，落在一棵枣树上，终究没让人看清。

我说："这个时候还有什么鸟叫得欢？"

"斑鸠。"老赵说，"斑鸠是灰色的，鸽子大小，却比鸽子有着一副好嗓子，音域很浑厚。还有一种不大的鸟，叫金翅，黄色夹着黑色的那种，喜欢落在柏树上。"

"为啥？""柏树密呀，好做窝。"老赵说，"再过些天，就会听到'吃杯茶'的叫唤了。"

五

我知道这种鸟，大清早四五点的时候就开始叫，生怕你听不见。其实勤劳的人们那时正起来下地。农家五月人倍忙，一地的麦子赶着人呢。

劳力少的人家，总有外出工作的回来攒忙。人还没进村，就听见"吃杯茶"的叫声。

那声音亲切哩。它一边在你的前面扇着翅膀，一边不停地叫："吃杯茶，吃杯吃杯——茶！"早晨的阳光里，老人守在村口，一脸的笑。茶早就倒好了。

塬上人管白开水就叫茶。

麦忙季节，人们拿着镰刀、担着水到地头，钻进麦垄里可劲地干，不多时就汗透衣衫。

人们慢慢伸直累酸的腰，就听到了"吃杯茶"的叫唤，走到地头舀起一碗水咕咕咚咚喝下去，那叫一个舒坦。

我在塬上还认识了一种鸟，叫的声音是"吃馍喝汤"。

那个吃的发音是"乞"。这里的人说吃都发乞的音。"乞馍——喝汤"，声音在乞馍的后边拐一下弯，先乞馍后喝汤。我学不来，你一想就想出那个音来了，"乞馍——喝汤"。

鸟叫得很细很甜，像一个女人在喊，喊谁回家吃饭。它走一路喊一路，也不说名字，仿佛那个人就知道是喊自己的。

不过，听到这声叫喊，很多人都有了回家的感觉。

长眠的小麻雀

一

你长眠在那里，不知道还有没有轮回，变作另一只小鸟，在天上飞。

事实上，你一天都没有飞上去过。

看到你的时候，你是站在地上的。

你就一直呆呆地站在那里。我看了你许久你都一动不动。

那是一个大药房的门口，我怕一会儿有人来了，会踩到你；或者一辆车开来，碾压了你。你那么小，嘴角还有黄黄的喙。

我终是走上前，走到你的跟前。

假如这个时候你猛然飞起来多好，那样我就不用操心了。

清　任颐　竹枝麻雀

可是你没有，你就那么一动不动地等着我，等着我伸出一只手，把你轻轻地抓在手心里。

我不知道怎么办。

我向四周看看，看不到一只鸟儿。

你是被妈妈遗忘了？还是在妈妈带着你练飞时，你刚长出羽毛的翅膀承受不起身子的重量，突然掉落下来？

我抓起你，你明亮的小眼睛看着我，你一定知道我不是妈妈，但你迷茫得不知所措。可惜我们言语不通，我没有一点办法安慰你，只好把你放在旁边的花池上，想着你在这里会安全一点。如果你妈妈来找，也容易看到你。

这是六月的早上六点多一点。

我是出来走路的，还得围着小区走上几圈。

差不多七点，我往家走去，却觉得有一条线扯住了我，直接把我扯到了花池那里。

我想看看你还在不在。最好我来的时候，你已经被妈妈接走了。

可是，你还在那里，仍旧是一动不动地站着，也不叫唤一声。你的脚下，爬满了蚂蚁，那里好似有什么东西被蚂蚁盯上。

你一直不离开，你可能会被饿死，或者被蚂蚁吃掉。

我一直不敢养活物，因为小时候养伤了。可是，总不能眼睁睁地看着你不管吧?

我终究还是伸出手去，把你迎接在手心里。

你仍旧是睁着明亮的小眼睛看着我，我只好先把你带回家去了。

我想得太简单，给你弄点吃的，等把你养几天，你能够飞了，就再把你放回这里，或许你的家离此不远。

二

回家我先找到小米，又找了以前养兔子的一个笼子，找了一个盒盖，把小米倒进去，又放了水。

我以为你立刻就行动起来。你却一动不动，你不会吃吗？

你真的不会吃。

很长的时间里，你都是那么定定地站在这个新环境里。

我不知道该怎么办了。也许没人的时候你会吃吧，于是我悄悄地躲开。

中午的时候，再去看你，还是老样子。这样下去，你真的会饿死的。

我抓出你来，把你放在桌子上，再把米撒在那里，学着鸟的叫声，逗着你去吃，还是枉然。

我只好去扒你的嘴。你的嘴好小啊，上嘴角紧紧包住下嘴角。我无论如何都扒不开，实际上也是不敢用劲。

扒你小嘴的时候，你的眼睛还是那样子看着我，看得我都不好意思了，好像我是在强迫你，或者给你用刑。

我几乎把你的小脑袋给挤住，才扒开一点缝隙，把泡湿了的几粒小米放了进去。

你竟然不知道吞咽，小米好像还卡在喉咙里。你张了张嘴，才改变了这难受的神态。

我停了一会，再如此操作。总算是让你吃下点东西。

想着这下你就会自主进食了，你知道了小米的美味，还能不主动出击？那些小米粒就在你的跟前，轻而易举就能得到。

你却还是老样子，一动不动地站立着，呆愣着。怕你饿坏，我只得再用老法子，掰开你的小嘴，硬把小米塞进去，又怕用劲太大，把你的小嘴掰坏了。

出门的时候，我将用水泡过的小米粒放进笼子，又找了两只毛笔插在笼孔，作为你玩耍的枝杈，希望你能适应这里。

然而，事情却不往希望的方向发展，你一天天消瘦下去。眼见这样下去不是办法，我就又冲牛奶，给你灌奶。

怎奈你总是被呛住，还弄得浑身湿漉漉的。沾着奶汁的羽毛干了，变得发硬。我只好去水龙头下给你洗澡。

我放好了温水，好不容易洗得干干净净，用卫生纸把你包裹起来，在手心里暖了好久。

又是一天过去，早起再去看你，你的状态更差了，小小的身子已经瘦成一副骨架。

你这只小鸟，为什么不会吃东西？哪怕吃一点也好啊。

难道是洗澡的缘故？你开始拉稀了，我心里十分后悔，把你放在太阳底下，希望你能快点好起来。

三

这天，我带着虚弱的你又来到当初见到你的地方，把你放在那里好久，希望你的妈妈能看到你。当然，奇迹没有出现。

晚上，我又给你喂了奶粉。看你还精神，小眼睛定定地望着我，就放心地让你回到了笼子里。半夜我不放心，起来去看你，你站在那里一动不动，像是睡着了。

没有想到，第二天早上你却倒在了笼里。

难道是你太过虚弱，躺倒了？我着急想联系附近的兽医院，却在笼子里看到了一群黄蚂蚁！家里怎么会有黄蚂蚁，它们怎么找到了这里？立时我就明白了，你小小的灵魂，已经离开了身体。

我只好提着笼子，找到一片林子，在一棵树下挖了一个坑，将瘦小的可怜的你放进去。那只笼子，也被我扔掉了。

后来每当走过那片林子，我都不由地望过去，竟然总能看到一只小鸟在那里蹦来蹦去。

我知道那不是你，但又觉得，那就是你。

小鸟新天堂

一

雷从凌晨四点开始播放，实际上闪电先行到场。雷闪过后，雨接踵而至。湖面在开花，绿树在增色。站在窗前望去，古城焕然一新。

想起过往的肇庆，在很长一个时期都是中国文化不可忽视的地域。打开尘埃里的线装书，端州像端砚一样，在历史的墨香里泛光。

端砚不只是一个词，它是一个时代。孔子的儒、老子的道，所有的一切，都在端砚上显现。端砚在这里是主语，只要端砚在，文明便在。包拯之所以不持一砚归，就是不想毁掉千百年延续的文明。

清晨，一切重新开始。映入眼帘的，是一方巨大无比的砚池，还有浮雕其间的七星岩和野树杂花。墨汁洇染。湖上起了云烟，渐渐散开，却是一只只鸟。

那些白色的羽翅，在长满山石的水中回旋。这些天赋异禀的绘画大师，在水面一次次挥毫，迅疾的笔锋，在你延迟的解读中绘成一朵柔情与缭乱的奇葩。

大片的芦苇在雨后疯长，每棵芦尖，都抱着晶亮的珠玉。有鸟落在上边，将珠玉啄洒。更多的鸟落在树上，同枝叶一起抖声。

天空的蓝，一点点打开。阳光的羽翼与鸟的羽翼交会一起，一道道透亮的焰，将所有目光瞬间点燃。

二

一方山水养一方人，自然生态成就一地的历史人文。有了这片山水，整个城市变得灵动。在这灵动里转，七星岩、星湖湿地、水月宫、千年诗廊、出米洞、鼎湖山……再迫切，也不能“一日看尽长安花”。

岸边，黄色、红色的叶子铺了一地。石缝间，一群蚂蚁在搬家，它们已经适应了这种仪式，就像人有乔迁之喜。

多年前的时光，从云隙间流下。心在宋代流浪，想象那个舞台上的包公在端州时应该不是严肃的黑脸形象。也可以说，他在端州应该是怡然舒展，神清气朗。

空气不仅清爽，而且有点甜润。有的水草长在了水下，像是用超级透明的镜子罩着。小船无声地在镜面上划。远处，一群青头鸭围成一圈，排练着水上芭蕾。

舞曲的涟漪渐渐扩散。荷叶在水面摆盘儿。一枝花蕾高高钻出，等着杨万里的蜻蜓。绿色的水珠从荷叶上弹起，带出三两声蛙鸣。

清　任颐　花鸟册页(局部)

画面总是在更新。刚才还碧青的水，这时又变成了墨绿，让你想到酽酽的墨汁。落羽杉似穿着长裙的美人，将大片的倒影映在水中。到了秋天，它们的长裙会变得澄黄飘曳。棕榈在岸边列队，头顶的扇叶，像清一色帽子的提花。

水边的杉树、蒲桃、桉树和香樟，按照各自的美学生长，有的威武地直立，有的慵懒地歪斜，有的干脆躺平。一棵榕树，竟然从这座小岛将身体伸到另一座岛上，伸成一座桥。鸟儿喜欢这桥，熙熙攘攘地在桥上赶着露水集。

一群鸟衔着中原的麦香远远而来。它们在慢慢飞，要细细地品味沿途风光。

每只鸟在这里都心静如水，而水却像鸟在翻扑着翅膀。有的鸟似一个顽皮的孩子，向湖里掷石子。不，它是把自己掷进去，水玻璃发出炸裂的脆响。

一个个的石子掷下去，一次次炸裂的脆响。纹络八方扩展，有的纹络交合在一起，出现了方向的错觉。小的雀鸟像叶子从树上落下来，带着哗啦啦的声响，而后又像镜头回放，哗啦啦地回到树上。

几片抓不牢的叶片飘进水中，鸟儿扬了扬尾，并不去追，聪明在此刻显现，它们知道，那不是鱼。鱼翔浅底，它们要看自己的情绪。

这是一个浪漫主义的伊甸园。一只鸟，正对着另一只鸟直言不讳地表达心曲，而后再加上一段独舞，另一只鸟高兴了，向空中飞去，这只也随之跟去，两个情侣忽上忽下地变换交叠。想不到，鸟的爱情如此纯粹而迅疾。这个季节，诸多的小鸟等着出生。

最多的是鹭鸟，它们一行行地从杜甫的诗中飞来，在青天重现唐时的盛景。只是它们不再远去，它们有了不舍的依恋。

鹭鸟已经会排班，白鹭早晨出去，灰鹭晚上出来。据说晚上出来的灰鹭有特殊的“夜视仪”。黎明或傍晚，那就是一个群鸟交接的奇观，就像一张大网，在天湖上撒来撒去。

湿地里那么多丹顶鹤，它们并不因那一抹丹红而倨傲显摆，本身自带的高贵仪态，足以冠压群芳。

丹顶鹤的优雅还在于它不歧视同类，鸟们喜欢它，总是共享它的宴会。而且丹顶鹤很忠贞，严格遵守一夫一妻制。它们也上舞蹈课，舞蹈课上完就去追爱侣了。

火烈鸟同样身姿颀长，长着一双大长腿，如一团团火在滩池晃来晃去，燃起栏边孩子的热情，他们跟着跳跃，让自己也燃烧起来。

胖胖的雁鹅不如丹顶鹤和火烈鸟注重体型，它懒得运动，爱吃零食。有人叫：“代沟，代沟！”雁鹅听到，就摇晃着身子跑过来。原来这是鸟语，意思是赞美它好看。

黑天鹅在天鹅种类中拥有最长的脖子，那呈“S”形拱起的竖琴般的优美造型，加上明亮的蜡质的红色鸟喙，简直让人惊叹这来自澳大利亚的奇绝物种。

水一生都在流动，鸟一生都在飞翔。它们都有同样的愿望，找到一个尽情舒展和释放自己的地方。五湖所在，差不多有一千公顷的空旷，足以让 160 多种鸟类，尽享自在，恣意放浪。

三

就这么呆呆地望着那些鸟儿，如同望着某个时刻的自己。它们不知要怎样地翻飞，表达对一个地方的敬仰。它们是七星岩外的另一群星光，在有月亮或没有月亮的昼夜，于空中或水中随意闪烁。

“水泉深则鱼鳖归之，树木盛则飞鸟归之。”自觉的自然意识和生态意识，让肇庆改变了对鸟的认知。

鸟是灵性之生命，鸟的选择就是大自然的选择。它们有的甚至来自遥远的西伯利亚，漫漫征途中，寻找到一方新天地。

鸟儿们提醒世界，它们是挑剔的环境鉴赏家。每一片羽虽沾满各自故乡的信息，但在这里打卡久了，干脆安居乐业、娶妻生子，这里便成为一个小鸟的新天堂。

鸟的欢快也引来更多的同类和更多的游人。即便绘鸟大师奥杜邦来，也会让强烈的兴奋唤醒灵感。

随着看去的角度不同，远处的山形发生着变化。有一处似卧佛观天；有一处如苍龙昂首；有一处就像是一只鸟，或立或飞。

晚上，久久地坐在湖边，有鸟还在水面上飘，那就是人们所说的夜鹭吧。望着的时候，会感觉湖水像海在涨潮，一汐汐的水环，把月光环在了里边。

“度日如年”的小蝈蝈

一

蝈蝈来到我家的时候，是元月 22 日。我记得很清楚，那天正是小年，离春节还有六天，蝈蝈跟我们一起度过了一个快乐的节日。

那些天，它唱得可欢了，好像十分喜欢这个新环境。它的叫声同窗外的鞭炮声混在一起，给这个春节增添了不少喜庆气氛。

这个小蝈蝈是个大肚汉，叫起来的时候，肚子一鼓一鼓的，很有气势，而脑袋却一动不动。平常，如果不是看到它轻轻起伏的肚囊，你会觉得那脆亮的声音是来自别的地方。

后来我才知道，那发声的神奇法宝竟然是它的翅膀。它的前翅是主发声器，后翅则随着前翅的振动而轻轻作响，似是为主旋律提供伴奏。可能是翅膀的颤动，牵动了肚囊，所以给了我一个错觉。

这个小家伙，如何会有这么一个本领，让大千世界多了一个乐器。而它随时随地都会举行音乐会，似乎天天都有好心情。

你听，那声音来的时候，像是从很遥远的地方发出的，慢慢地越来越大，仿佛它知道乐音从小渐大、由缓到急的奥妙。

它究竟是在歌唱还是在吹奏呢？这真是世界上一个怀有独门绝技的音乐家。

二

蝈蝈每天都想什么？每个生命都在感知这个世界，也一定有这样那样的思想，只是我不知道它都在想什么。

到我家的时候，它的笼子很小，简直是“禁锢之地”，完全是卖家为了节省而不顾及蝈蝈的感受。

家人从网上给它买了一个超过原来好几倍的大笼子。它一进去，就四下里巡视，看看这个陌生又敞亮的新环境，而后就撒欢似地来了好一大段吹奏，像是庆祝，也像是感谢。

它喜欢爬到四周的杆杆上，左顾右盼，上下跳跃。它的爪子总在动，比身体还长的触须伸出笼子，像穆桂英挂帅一般神气。

不知道在田野间它是如何生存的，又是如何向同类或异类展示自己魅力的。

我记得小时候第一次见到大自然中的蝈蝈，是在一片棉花地里。那棉花还没有长高，蝈蝈在里面愉快地叫着。我们循着声音一点点找去，发现蝈蝈的时候，它还不会飞，只能跳跃。它确实是个跳跃能手，我们四处围堵，总算让它成了我们的猎物。

那天我们逮到好几只，回家放在一个盒子里，第二天却发现它们不翼而飞了。它们是如何结伴而逃的，又逃去了哪里，还能找到那片棉花地吗?

就此我知道了，蝈蝈和蛐蛐不同。蝈蝈是属于田野的，同蛐蛐不是一个品级。蝈蝈的另一个名字叫作“纺织娘”，这个名字比蛐蛐大气多了。

三

蝈蝈每天都陪伴着我。有了这个小家伙，就像多了一个伙伴、一个书童伴在我身边。小雨淅沥，我坐在窗前，泡上一壶茶，静静坐着的时候，蝈蝈就在一旁欢鸣，像竹管，又像古琴，那感觉简直美妙至极。

而且，在我写作或读书累了的时候，或者无聊的时候，桌角的它就会悄悄起奏，我立时就高兴起来。怎么差点把它给忘了，还忘了给它吃东西！

真的，我经常忘记问候它，将它冷落在那里。随着它来到我家的时间越来越长，我忙乱时常常忘记它。等我想起来，它笼子里的菜叶早就干枯了。这个时候我就特别内疚，觉得对不起它。

你看，它不像猫狗，不知道跟人要吃的，也不能钻出笼子来找吃的，就只管自顾自地独奏或歌唱。即使面临“饥寒交迫”，它也没有埋怨的意思。

有次出差，临走时我放了好多吃食给它，因为有事又耽搁了几天，家人或许都没顾得上它。等我回家一开门就先听到了它唧唧唧的独奏，走过去发现笼里的叶子都干透了。

好可怜，这个小东西，就那么趴在笼子的杆杆上，忍受着饥渴。

四

蝈蝈是有公母的，它们也需要爱情。雄蝈蝈通过叫声来吸引雌蝈蝈。但是我至今不知道它是男是女。如果在大自然中，它或许会找到自己的伴侣，可是它却阴差阳错地就此度过一生。

我有心把它放回到野外去，可又担心它生存不了多久，再遇到什么突发情况，只得放弃了念想。这样也等于是让小蝈蝈放弃了念想。它许是知道我曾经的用意，用唧唧唧唧的乐音来回报我。

据说，健康的蝈蝈一生只有 100 天。我们人类活 100 年很难，它活一百天也不容易。人说长命百岁，蝈蝈却是长命百天。那它过一天就相当于人过了一年，可不是“度日如年”！

那么，不算它之前的生长，从元月 22 日到今天 4 月 27 日，也快到 100 天了，它真是高寿！按照蝈蝈的寿命，它已经进入高龄阶段。我说它怎么肚子变小了。肚子一变小，个子就小了，它的声音也小了。

我几乎每天都去看看它，最怕它躺在笼子里。因为平常它总是把自己悬挂在笼子的杆杆上，很多次都从最高处掉下来。开始听到声音，我还不明白发生了什么，四处察看，后来听得多了，才发现是这个小东西从高空坠落的声音。

那一定很痛，它怎么就抓不住了呢？还是它在故意练功？你看它掉下来还要爬上去，爬到最顶上，继续看外面的世界。

家里人说，要让它看看外面，晒晒太阳。于是我把它放在阳台上，结果有时候就听不到它的演奏和歌唱了。有天晚上，下了一夜雨，我早晨去收衣服，才发现它。它独自过了一夜，得多冷啊。

我赶紧把它提到屋子里，又去找东西给它吃。转过身发现，它已经从最高处下来了，或者说是掉了下来，但没有爬上去。我的心揪了起来，如果它冻死了，会让我内疚一辈子的。

五

眼看着蝈蝈到我家的100天就要到了，我们都在担心它。这一段时间，大家变着花样给它送吃的。胡萝卜、大白菜、西红柿或者苹果、草莓、樱桃，都被送进了它的笼子。以前夹在杆杆上，它吃得挺欢的，但是这时看不到它的喜欢，听不到它咀嚼的声音，也几乎看不到它的粪便。小蝈蝈给人带来的麻烦实在太少。

我要出差四五天时间，小蝈蝈，不，已经老态龙钟的老蝈蝈，一定要等我回来啊。

路上浏览网页才知道蝈蝈还喜欢吃肉，我怎么没有给它喂点虫子或其他肉食呢？我赶紧打电话给家人。

怪了，入住酒店后，宁静的夜晚里我的耳边总是轻轻响起什么声音，细听那声音又消失了，可不大一会儿又出现了。是什么声音呢？

哦，蝈蝈的叫声。是的，是蝈蝈的叫声！我知道那是幻觉，这里怎么会有蝈蝈呢？

今天是5月25日，蝈蝈已经在我家度过120天了，它真的是纺织娘中的奇迹！如果把它晒到网上，肯定有很多朋友向它祝贺。

读 书 笔 记